고래소년
울치

고래소년 울치

하용준 장편소설

글누림

글머리에

『고래소년 울치』는 울산 지역에 있는 선사시대의 유적 '반구대 암각화'의 그림을 글감으로 하여 지은 소설입니다.

반구대 암각화는 석기시대 말기에 살았던 사람들이 새긴 것으로 알려져 있습니다. 암각화, 즉 바위그림의 내용을 전체적으로 살펴보면, 귀신고래와 귀상어를 비롯한 여러 바다 생물과 호랑이, 멧돼지, 사슴과 같은 육지 생물이 다양하게 그려져 있음을 알 수 있습니다. 또 사람과 배, 사냥무기, 그물, 울타리와 같은 그림들도 찾아볼 수 있습니다.

수천 년 전의 석기인 또는 석기시대에서 청동기 시대로 넘어가는 단계에 살았던 옛 사람들이 어떤 이유로 이러한 그림들을 그렸을까요?

우리나라에서는 최근 8000년 전 신석기 시대의 통나무배가 경남 창녕군 비봉리에서 발견되었습니다. 한편, 그것은 일본에서 발견된 배보다 2000년이나 더 오래된 것이기도 합니다.

소설 『고래소년 울치』는 석기시대에 육지 동물만 사냥을 하고 살던 어느 마을에서 해마다 겨울철만 되면 식량이 부족해지는 문제를 해결하고자 배를 타고 바다에 나가서도 사냥을 하자고 맨 처음으로 주장한 한 사람의 신념과 그 신념을 이어받은 아들의 용기를 모험 형식으로 펼쳐 놓았습니다.

소설에 등장하는 굴화, 돌래, 구루미, 늠네, 굼다개 등의 인물은 편의상 모두 다 울산 지역의 마을 이름에서 따왔으며, 울치나 우시메와 같은 주인공들의 이름은 울산, 우시산이라는 지명을 끝음절만 한글로 바꾸어 쓴 것이라는 점을 간략히 밝혀 둡니다.

『고래소년 울치』를 통하여 적극적인 탐구심을 길렀으면 합니다. 그리하여 반구대 암각화가 왜 세계적으로 최고 수준의 중요성을 지니는지, 또 동해를 제 집처럼 드나들었던, 특히 울산 앞바다를 제 안방으로 삼다시피 했던 귀신고래가 우리나라 국민에게 어떤 해양지정학적 교훈을 주고 있는지 다 함께 깊이 음미해 보았으면 합니다.

집필 작업을 통틀어 새삼 느낀 점은 불가능하게 여겨지는 어떤 어려운 일이라도 정의로운 신념과 불굴의 집념 그리고 드높은 용기를 가지고 하루하루 지혜롭게 실행해 나간다면 언젠가는 달성할 수 있다는, 지극히 평범한 진리였습니다.

2013. 4.

하용준

고래 소년 울치

| 차례 |

- 글머리에 _ 4

| 제1장 | 바닷가 마을의 비밀 · 9

| 제2장 | 사냥 잔치 · 27

| 제3장 | 암커사가 들려준 이야기 · 49

| 제4장 | '바다의 귀신'의 정체 · 75

| 제5장 | 우시메의 죽음 · 97

| 제6장 | 최후의 사투 · 119

| 제7장 | 바위그림이 된 소년 · 159

고래는 혈우병이 있어 작은 상처를 입어 피를 흘리게 되면
그 피가 멈추지 않고 흘러나와 죽게 됨.

제1장 바닷가 마을의 비밀

　파란 가을 하늘에는 새털구름이 높이 날고 있었다. 흰 새떼가 푸드덕푸드덕 힘찬 날갯짓을 하며 어디론가 몰려간 뒤, 무수히 빠진 깃털들이 바람에 날려 온 하늘로 흩어지고 있는 것만 같았다.
　하늘 아래로 펼쳐져 있는 바다는 두 산줄기가 에둘렀다. 오른쪽으로 뻗어 내린 산등성이는 암사슴의 등을 닮았고, 높은 왼쪽 능선은 수사슴의 대가리를 닮아 있었다. 바다를 감싸고 튀어나온 양쪽 곶은 두 짐승이 마주 앉아 있는 형국이었다.
　두 곶 사이로 수평선이 아득히 펼쳐져 있었다. 바다도 하늘처럼 푸른 고요함에 잠겨 시간이 멈춰버린 듯한 풍경이었다. 시원히 열려 있는 바깥 먼 바다나 두 산줄기가 감싸고 있는 안쪽 바다나 다 파도가 치지 않는 큰 호수처럼 여겨지는 평온한 곳이었다.

저물녘이 되자 바닷물이 뭍 기슭으로 차들기 시작했다. 바닷가 바위 여기저기에서 온종일 먹이를 찾아다니던 갯강구며 바위게들이 밀물을 피해 몸을 숨기려고 저마다 바삐 달아나곤 했다.

우시메는 그 분주한 겨를에도 아랑곳하지 않고 커다란 갯바위 위에 앉아있었다. 너럭 갯바위 위에 놓인 또 한 덩이의 바위와 같은 모습이었다. 긴 나무막대기를 어깨에서 발치께로 비스듬히 기대어 놓고, 세운 두 무릎은 정강이 앞에서 한아름으로 감싸고 있었다. 오른손으로는 왼 팔목을 잡고 있었고 왼손으로는 한 뼘이나 될까 한 대롱을 쥔 채였다.

갈대를 엮어 만든 치마로 아랫도리를 둘렀고 윗몸은 도롱이와 흡사한 것을 두르고 있었다. 머리는 봉두난발이었고 얼굴에는 수염이 더부룩이 나 있었다. 몸집이 그리 큰 편은 아니었지만 가늘게 뜬 두 눈만은 돌칼보다도 더 날카롭게 빛나고 있었다. 앉은 자리 곁에는 돌작살 한 자루가 물기 없이 놓여 있었다.

우시메는 한눈도 팔지 않고 줄곧 바다를 응시하고 있었다. 꼭 무엇을 기다리고 있는 것만 같았다. 그렇다고 낚시를 하고 있는 건 아니었다. 그저 바다만 뚫어져라 갈라져라 바라보다가 이따금 뜻 모를 짧은 소리만 신음처럼 내뱉을 뿐이었다.

한순간, 우시메는 눈을 크게 떴다. 어깨에 기대어 놓았던 긴 나무막대기를 얼른 바다 속에 담갔다. 그러고는 쥐고 있던 대롱 끝을 막대기의 손잡이에 댄 뒤, 대롱의 또 다른 끝에 귀를 붙이고서 눈을 감는 것이었다.

숨소리조차 죽인 채 대롱 끝에 귀를 기울이고 있던 우시메는 갑자기 눈을 번쩍 뜨며 중얼거렸다.

"이놈, 드디어 돌아왔구나."

우시메는 고개를 들어 바다 한 곳을 바라보았다. 눈길이 머문 곳에서 검은 바위가 불쑥 떠올라 둥둥 떠다니기 시작했다. 노려보는 우시메의 눈빛이 점차 이글거리며 불타올랐다.

당장이라도 바다에 뛰어들고야 말 표정이었다. 하지만 우시메는 자리에서 일어서지 않았다. 손바닥으로 갯바위 바닥만 거푸 내리치며 가슴 속 깊이 서리는 안타까움을 달랠 따름이었다. 그러는 동안에 바다 한가운데를 떠다니던 검은 바위는 스르르 물속으로 사라져버렸다.

"아!"

우시메는 텅 빈 바다를 애타게 바라보았다. 검은 바위는 두 번 다시 떠오르지 않았다. 해마다 그렇게 나타났다가 불현듯 정체를 숨긴 채 두 곳이 감싸고 있는 안쪽 바다를 벗어나곤 하는 놈이었다. 이제 그놈은 해류를 따라 수평선이 가물가물 펼쳐져 있는 망망대해로 나아가고 있을 것이었다. 낙심천만이었다.

바로 그때였다. 우시메가 앉아있는 갯바위에서 얼마 떨어지지 않은 물속에서 쉬익 하고 한줄기 분수가 솟아났다. 우시메는 엉겁결에 곁에 놓아두었던 돌작살을 집어 들며 벌떡 일어났다. 그러고는 분수가 솟은 곳을 겨냥하여 힘껏 던졌다. 그 바람에 몸은 중심을 잃고 갯바위 밖으로 나가떨어지고 말았다. 우시메는 조개껍데기며 굴 껍데기가 널려 있는 땅에 어깨를 찧은 아픔도 잊고 재빨리 몸을 일으켰다.

바로 코앞에서 다시 떠오른 검은 바위가 그리 바쁠 것 없다는 듯이 멀어지고 있었다. 우시메는 조롱을 당했다는 느낌에 낯 가득 분한 기색을 피워 올렸다. 손을 뻗어 긁어 잡히는 대로 잔돌이랑 갑각류 껍데기를 한 줌씩 흩던지면서 분통을 터뜨려대었다.

"이놈!"

"이 못된 놈!"

검은 바위는 또다시 어디론가 사라지고 말았다. 아무리 둘러보아도 종적을 찾을 길이 없었다. 돌작살 만이 밀물에 떠밀려 와 그 자루 끝이 갯바위에 달그락달그락 부딪히고 있을 뿐이었다. 털썩

주저앉아 갯바위 벽에 다친 어깨를 기댄 우시메는 더 어찌할 수 없는 절망감에 사로잡혀 고개를 푹 떨구었다.

"아버지."

등 뒤에서 들린 건 울치의 목소리였다. 돌아다본 우시메는 아무 말도 없이 바위벽을 짚고 엉거주춤 일어나더니 물속에 들어가 돌작살을 건져 나왔다. 그러고는 그것을 지팡이 삼아 뒤틀려 있는 한쪽 다리를 절룩거리며 걷기 시작했다. 울치는 두어 걸음 뒤에서 따라 걸었다.

기슭을 돌아들었다. 움집 열다섯 채가 군데군데 서 있는 마을이 나타났다. 원뿔 모양으로 지은 다른 집들과는 달리, 울치네 집은 네모난 꼴이었다. 올여름까지만 해도 바닷가 동굴에서 살다가 아내 돌래의 우김을 더 이상 이기지 못한 우시메가 얼마 전에 마을에서 조금 벗어난 바닷가 쪽에 손수 지은 집이었다.

비록 성치 않은 몸이었지만, 우시메는 마을에서 바라보는 눈이 다 놀랄 만큼 성한 어른보다도 더 익숙하게 몸을 놀렸다. 맨 처음 한 일은 땅을 네모꼴로 얇게 파내고 뒷산에서 퍼 날라 놓은, 누렇게 젖은 흙을 고루 깔아 바닥을 평평하게 한 뒤 말린 것이었다. 그런 뒤에는 바닥 네 모서리에 기둥을 세웠고, 기둥 위에는 가로 세로 그리고 맞모금으로 기둥보다 가는 나무를 걸쳐 묶었다. 집

안으로 드나들 출입구는 바다 쪽으로 내어 놓고, 벽과 지붕에는 잔가지를 먼저 쳐 뼈대로 삼은 뒤에 촘촘히 엮은 갈대이엉을 대어 묶었다.

움집 안 한가운데에는 바닥을 둥글게 파낸 뒤, 흙을 한 켜 한 켜 말려가며 쌓아 화덕을 만들었다. 그러는 동안 아내 돌래는 산 너머 연못가에서 남몰래 꺾어온 부들을 정성들여 엮어서 잠자리에 깔았다.

큰손을 다 놀린 우시메는 내친 김에 작은 손놀림도 아끼지 않았다. 진흙으로 커다란 물 항아리를 빚어 놓은 다음에 식기로 쓸 작은 그릇들도 만들었다. 새 집에서 쓸 물건들도 다 새것으로 마련한 것이었다.

울치는 어머니와 함께 신나게 아버지를 도와드렸던 날들의 기억이 새롭고도 그리웠다. 집을 짓기 전에는 힘든 줄 모르고 나뭇가지며 갈대며 흙이며 집 짓는 재료를 날랐고, 집을 지을 적에는 시키는 대로 하나씩 집어드렸던 그때만큼 아버지와 가깝게 지낸 적이 한 번도 없어서였다.

하지만 그것으로 끝이었다. 집을 다 짓고 나자 아버지의 태도는 집을 짓기 전으로 돌아가고 말았다. 날이면 날마다 바닷가에 나가면서 단 한 번도 데려가주지 않는 것이었다. 울치는 아버지가 야속하기만 했다. 하지만 아버지에게 뿐만 아니라 어머니 앞에서 조차 그런 내색을 해서는 안 된다는 것을 잘 알고 있었다. 아이들이 어른들한테 불만을 갖거나 말을 잘 안 들으면 호되게 매질을 당하거나 깊은 산속에 버려지는 엄한 벌이 따르기 때문이었다.

언젠가 울치가 몰래 우시메를 뒤따라가 보려고 했을 때, 그런 눈치를 알아챈 돌래가 뒤에서 다가들어 아들의 손목을 낚아채고는 눈물까지 글썽이며 못 가게 붙잡은 적이 있었다. 놀라기도 하고 영문을 모르겠다는 표정을 짓는 울치에게 돌래는 단단히 다짐을 받아놓고서도 안심이 안 되어 그 뒤부터는 울치가 움집을 나가 놀 때마다 늘 곁눈으로 지켜보았다.

울치가 바닷가에 갈 수 있는 때는 해 질 녘이었다. 날이 어둑해지는데도 우시메가 돌아오지 않으면 그제야 돌래는 울치에게 바닷가에 가거든 딴전 피우지 말고 곧장 아버지를 모셔오라는 것이었다.

움집으로 돌아온 울치가 우시메에 앞서 거적을 들치며 안으로 들어섰다.

"어머니, 아버지 모시고 왔어요."

"어서 저녁 먹자꾸나."

세 사람은 화덕가에 둘러앉았다. 작은 소반 같은 진흙그릇이 화덕 위에 놓여 있었다. 그 속에 든 음식이라고는 구운 굴과 따개비 몇 개가 다였다. 그릇 가장자리에는 미역이 조금 담겨 있었다. 울치는 음식을 내려다보고만 있었다.

"내일은 맛난 것을 먹도록 해주마. 어서 먹어라."

그러면서도 돌래는 남편과 자식의 눈치를 보며 민망해했다. 아침까지만 해도 바위게, 소라, 전복, 심지어 돌문어까지 먹을거리가 많이 있었는데 이상한 일이었다. 울치가 고개를 갸웃거리자 돌래가 말했다.

"이것저것 술마네 집에 좀 가져다주었단다."

"술마 집엔 왜요?"

"그 집 아주머니가 아파서 먹을거리가 다 떨어졌지 뭐냐."

"제가 제일 좋아하는 붉은 조갯살도 주었어요?"

"그건 조금 남았지만, 내일 낚시미끼로 써야 하니까 오늘은 이것만 먹으렴."

"알았어요."

우시메는 구워 놓은 따개비를 이로 깨물어 부수어서 두어 개 들다 말고 화덕가에서 물러났다. 이내 한쪽 벽 가까이에 마련되어 있는 잠자리로 가더니 벽을 향해 모로 돌아누웠다. 간간이 바드득하고 이 가는 소리가 났다.

돌래는 그런 우시메를 한 차례 돌아보고는 굴 껍데기와 따개비 껍데기를 돌칼로 까 울치에게 속살을 파 주었다.

"아까 바닷가에서는 아무 일도 없었니?"

"예, 어머니."

울치는 매일같이 바닷가에 나가 하루 종일 있다가 빈손으로 돌아오는 아버지를 이해할 수 없었다. 벌써 오래 전부터 몇 번이고 어머니한테 그 까닭을 물어보았지만 아무런 대답도 들을 수 없었다. 이제는 물어볼 마음도 나지 않았다.

울치는 아버지가 바닷가에 나가 일을 한다고는 생각하지 않았다.

'도대체 뭘 하시는 걸까?'

마을 어른들 중에서 남자들은 거의 다 아버지처럼 성한 몸이 아니었다. 그래서 주로 어머니와 같은 여자 어른들이 바닷가에 나가 먹을거리를 찾기도 하고 심지어는 낚시질과 그물질까지 해서 생계를 꾸려가고 있는 형편이었다.

그렇다고 해서 마을의 남자 어른들이 아버지가 그러는 것처럼 마냥 허송세월만 하는 것은 아니었다. 성치 않은 몸으로나마 낚시바늘을 만들기도 하고 그물을 손질하기도 하며 움집을 고치기도 했다. 아무리 생각해 보아도 아버지같이 아무 일도 하지 않고 놀기만 하는 어른은 한 사람도 없었다.

아버지가 아무 재주도 없는 사람은 아니었다. 홀몸으로 짓다시피 하여 여봐란듯이 훌륭한 움집을 뚝딱 지어낸 것도 그렇고, 집안 살림에 필요한 그릇들까지 그리 어렵지 않게 다 만들어낸 것을 미루어 보면 다른 일도 그 어떤 것이나 여느 어른들 못지않게 거뜬히 해낼 성싶었다.

아버지가 일을 하지 않는 바람에 나날이 힘든 것은 어머니였다. 모든 일을 도맡아서 해야 하기 때문이었다. 울치가 그런 어머니를 돕는 것 한 가지는 이틀에 한 번 꼴로 숲 속 샘터에 가서 먹을 물을 진흙항아리에 떠 오는 일이었다. 그건 아무리 친구들과 정신없이 놀더라도 절대로 잊어서는 안 될 막중한 임무였다.

"이제 그만 자거라. 그리고 내일은 물 좀 길어다 놓으렴."

"알겠어요"

울치는 항아리를 안고 움집을 나왔다. 샘터로 가려고 마을을 지나칠 때였다. 마을 앞 빈 터에 아주머니들이 모여 있었다. 다 함께 힘을 모아 쳐 놓았던 그물을 걷어다 놓고 물고기를 나누고 있었다. 고기가 많이 걸려들어서인지 그물을 한가운데에 두고 이따금 웃는 소리가 터져 나왔다.

갑자기 언성을 높이는 아주머니들이 있었다. 귀에 익은 목소리가 들리는 듯했다. 어머니가 한 아주머니와 다투는 소리였다. 울치는 걸음을 멈추고 항아리를 안은 채 무심코 바라보았다.

"왜 돌래는 세 마리를 가지는 거야?"

"가족이 세 사람이잖아."

"아무 일도 하지 않는 사람은 가족으로 쳐줄 수 없어."

"그래도 가족은 가족이야."

"일을 하지 않는 사람은 죽은 사람과 똑같아. 그러니 너도 두 마리만 가져."

"그건 안 될 말이야."

"그렇다면 나도 세 마리를 가져야겠어."

"너희는 애 아버지가 죽어서 두 식구뿐이잖아?"

"죽은 사람도 우시메처럼 일을 안 하는 건 마찬가지니까 우리 가족도 세 사람이라고 할 수 있어."

"억지 쓰지 마."

"억지가 아니야. 일을 하지 않는 우시메의 몫은 절대로 인정할 수 없어. 더구나 그는 내 남편을 죽인 사람이야."

그 말을 들은 어머니가 목소리를 높였다.

"뭐라고? 누가 누구를 죽였다는 거야?"

"우시메가 내 남편을 죽였다고 했어. 내 말이 틀려?"

"아니야, 네 남편은 '바다의 귀신'이 죽였어."

"내 남편을 '바다의 귀신'에게 데려간 사람이 우시메잖아. 그러니까 우시메가 죽인 것이나 다름없어."

"네 남편도 다른 사람들처럼 자청해서 갔었던 거야."

"우시메가 꼬드겼기 때문이야."

아주머니의 말에 어머니는 분에 못 이겨 어찌할 바를 몰라 했다. 그때 그 아주머니가 한 술 더 떠서 주위에 있는 사람들을 둘러보며 말했다.

"여러분들은 어떻게 생각해요? 제 말이 맞죠?"

여러 아주머니들이 서로 수군대기 시작했다. 주위의 동조를 얻었다고 생각한 아주머니는 목청을 한껏 높였다.

"우리가 바닷가에서 죄인처럼 살아가는 이유도 다 우시메 때문이란 말이에요!"

잠자코 있던 할머니 한 분이 나섰다.

"그만들 하오! 다 지난 일을 지금 들추어내고 탓해서 어쩌자는 거요? 세 마리를 가져가든 다 가져가든 제발 한 마을에 살면서 좀 싸우지 마오."

그 한마디에 어머니와 아주머니는 입씨름을 그쳤다. 울치는 어머니가 울먹이면서 물고기 두 마리의 아가미를 손가락에 꿰어 집으로 돌아가는 뒷모습을 보았다. 어머니와 다툰 아주머니가 한없이 미워졌다.

'아버지가 사람을 죽였다니······.'

울치는 그만 다리가 후들후들 떨렸다. 안고 있는 항아리를 떨어뜨릴세라 손깍지를 껴 꼭 안고 숲 속 샘터로 겨우 올라갔다. 정신없이 물을 길어다가 배아픔을 하고는 바삐 내리막길을 더듬었다. 어머니가 걱정이 되어서였다. 내려오니 어머니는 여느 때와 다름없이 물 항아리를 반갑게 받아들었다.

울치는 저녁거리를 제대로 넘길 수 없었다. 눈치를 살피다가 아버지가 잠든 틈을 타 어머니에게 물었다.

"어머니, 혹시 예전에 아버지한테 어떤 일이 있었어요?"

어머니는 대답을 해주지 않았다. 눈물을 훔치고는 그저 마지못해 한마디 하신 말씀이 울치의 가슴을 헤집고 들었다.

"울치야, 옛일을 다 알려고 해서는 안 된단다. 자칫 잘못하면 너처럼 자라나는 아이들은 앞길이 막히는 수가 있단다."

울치는 나름대로 곰곰이 생각해 보았다. 낮에 들었던 여러 말 중에서 다른 말들은 통 알아들을 수 없었지만 어머니와 다투었던 아주머니가 마지막으로 내뱉은 말 가운데 앞 대목은 전혀 그르지 않아 절로 고개가 끄덕여졌다.

'우리가 바닷가에서 죄인처럼 살아가는……'

그랬다. 산 너머 마을 사람들에 견주어 바닷가 마을 사람들이 죄인처럼 생활하고 있는 것은 엄연한 사실이었다. 바닷가 마을 사람들은 남녀노소 할 것 없이 산 너머 마을 사람들의 말이라면 단 한 마디도 대꾸를 하거나 거역하지 못했다. 가혹하게 여겨질 만큼 무시를 당해도 어른들 모두 고개를 숙인 채 참기만 해 오고 있는 것이었다.

그뿐만이 아니었다. 산 너머 마을 사람들은 누구나 저희 마음대로 바닷가 마을에 드나들 수 있지만, 바닷가 마을 사람들은 큰어른의 허락이 떨어지지 않는 한 산 너머 마을에는 단 한 발짝도 들일 수 없었다.

입는 것과 먹는 것도 달랐다. 산 너머 마을 사람들은 산짐승의 가죽을 무두질해서 뼈바늘에 실을 꿰어 갓옷을 지어 입지만 바닷가 마을 사람들은 띠옷이나 갈대옷 밖에 해 입을 수 없었다. 또 산 너머 마을 사람들은 사냥을 해서 잡은 짐승의 고기를 즐겨 먹지만 바닷가 마을 사람들은 큰어른의 명령 때문에 짐승을 사냥할 수도, 나무열매를 딸 수도, 땅 속 뿌리를 캘 수도 없어 오로지 바다에서 나는 먹을거리로만 연명해 오고 있었다.

그런 차별을 받고 수모를 당하는데도 바닷가 마을 사람들은 어느 누구도 불평이나 푸념 한 마디 없이 꾹 참으며 살고 있었다. 틈만 나면 까닭 모를 온갖 비난과 원망의 눈길을 오직 한 사람, 아버지에게만 쏟아 붓는 것 말고는.

'대관절 왜 그러는 거지?'

울치는 그때까지만 해도 별 관심도 없었고 또 대수롭지 않게 지나쳐 왔던 일들이 몹시 궁금해지기 시작했다.

제2장 사냥 잔치

저마다 망태기를 둘러멘 몰이꾼들이 숲 속에 숨어서 한 곳을 가만히 바라보고 있었다. 코끝으로 땅을 파헤쳐 고사리 뿌리를 캐먹고 있는 멧돼지 무리였다. 새끼들은 어미 곁에 가까이 붙어서 쿵쿵거리며 땅을 파고 있었고, 큰 수컷 멧돼지는 무리에서 조금 떨어진 곳에서 이따금 고개를 들어 주위를 살피곤 했다.

한 사람이 손짓을 하자 몰이꾼들은 망태기에서 돌멩이를 꺼내 들었다. 그러고는 멧돼지 무리를 향해 아무렇게나 휙휙 던졌다. 어미든 새끼든 또 큰 수컷이든 노려서 꼭 맞히려고 던지는 팔매질이 아니었다.

어디선가 날아온 돌멩이가 여기저기에 떨어져 구르자 멧돼지들은 깜짝 놀라 잽싸게 달아나기 시작했다. 수컷은 사방을 두리번거리며 잠깐 위협적인 반응을 나타내다가 제 가족을 뒤따라 내달렸다. 그 바람에 벚나무 근처에서 느긋이 풀을 뜯고 있던 고라니들도 껑충껑충 뛰며 더 깊은 숲 속으로 달아나 몸을 숨겼다.

몰이꾼들은 고라니에게는 눈길도 주지 않고 큰 소리를 지르며 재빨리 멧돼지 무리를 뒤쫓았다. 걸음이 느린 새끼들과 암컷은 그대로 달아나도록 내버려두고 저 홀로 다른 방향으로 달아나고 있는 수컷에게만 돌을 던지며 몰아가는 것이었다.

"후두두두……."

멧돼지는 재빠르게 덜꿩나무를 돌아 달렸다. 몰이꾼들이 줄곧 소리를 지르며 쫓아갔다. 멧돼지와 몰이꾼들이 지나간 자리에는 땅에 떨어져 있던 붉은 덜꿩나무 열매들이 밟혀 터진 채 속살을 드러내고 있었다.

멀리 도토리나무 위에서는 길목잡이들이 기다리고 있었다. 그들은 멧돼지가 다가오자 땅으로 뛰어내린 뒤 발을 굴리고 돌창을 흔들며 함성을 질러대었다. 놀란 멧돼지가 달아나던 방향을 바꾸었다. 몰이꾼들과 길목잡이들은 한 떼가 되어 멧돼지에게 숨 돌릴 겨를도 주지 않고 한 방향으로만 계속 길을 터주며 쫓아갔다.

그리 멀지 않은 곳에서 큰 바위 뒤에 숨어있던 창잡이들이 고개를 내밀고 멧돼지가 다가오고 있는 것을 보았다. 길고 날카로운 돌창을 든 창잡이들이 바위 위로 뛰어올랐다. 선창잡이 골메가 다가오는 멧돼지를 겨냥하여 돌창을 힘껏 던졌다.

"꽤액!"

창날이 등에 박힌 멧돼지는 비명을 내지르며 나뒹굴었다. 발버둥을 쳐 얼른 일어나는 멧돼지를 향해 또 다른 창잡이가 돌창을 날렸다. 연이어 사냥꾼들의 공격을 받은 멧돼지는 고통을 참지 못하고 미친 듯이 맴돌며 몸을 뒤틀어대었다. 몰이꾼들과 길목잡이들은 빙 둘러서서 지켜보고 있었다. 바위 위에 서 있던 창잡이들이 손손이 들고 있던 돌창을 멧돼지에게 던졌다.

"꽥, 꽤애애액!"

돌창을 다섯 자루나 맞은 멧돼지는 더 버티지 못하고 쓰러지고 말았다. 멧돼지의 등이 땅에 닿는 순간, 얕게 박힌 돌창 두 자루는 눌리는 힘에 뽑혀버렸다. 멧돼지는 눈을 까뒤집고 혀를 내민 채 씩씩 헐떡였다. 위턱에서 길게 휘어져 자란 허연 어금니가 그대로 드러나 있었다.

사냥꾼들이 잔뜩 경계를 하며 조심조심 다가갔다. 행여나 멧돼지가 죽어가는 시늉을 하고 있다가 벌떡 일어나 송곳니로 공격을 할 수도 있기 때문이었다. 하지만 선창잡이 골메는 용감하게 가까이 다가갔다. 그리고는 자신의 돌창을 쑥 뽑아들었다. 창을 뽑은 자리에서 피가 주르르 흘러나왔다.

골메는 두 손으로 돌창을 세워 들었다가 멧돼지의 심장을 향해 깊이 찔렀다. 창을 맞은 멧돼지는 마지막 신음을 힘없이 내뱉었다. 점점 숨을 약하게 쉬더니 이윽고 아무 소리도 내지 못하고 말았다. 사냥꾼들이 모두 환호했다. 제자리에서 돌며 춤을 추는 사람들도 있었다.

각자의 무기를 다 챙긴 사냥꾼들에게 선창잡이 골메가 지시했다. 길목잡이 사냥꾼 살소가 돌도끼로 굵은 나뭇가지를 찍어내어 다듬는 동안 다른 사냥꾼 한 사람은 칡넝쿨을 마련했다. 그리고는 죽은 멧돼지의 앞발과 뒷발을 모아 나뭇가지에 거꾸로 묶고, 앞뒤로 세 사람씩 나뭇가지를 어깨에 걸쳐 들고 일어섰다. 다른 사냥꾼들은 큰 바위 뒤로 가서 이미 잡아놓은 작은 짐승들을 챙겨 들었다.

멧돼지의 몸통에서 흘러나온 피가 땅에 깔린 낙엽을 흥건히 적셨다. 사냥꾼들은 혹시라도 굶주린 늑대들이 피 냄새를 맡고 나타나지 않을까 하여 죽은 사냥감을 둘러싼 채 사방을 살피면서 산속을 걸었다.

멧돼지는 사람 몸무게의 몇 갑절이나 되어 사냥꾼들이 번갈아 짊어지고 내려오지 않을 수 없었다. 개울 앞에서 또 한 차례 교대를 하고 있는데 건너편 산비탈에서도 사냥꾼 한 무리가 내려오고 있었다. 그들도 무언가를 나뭇가지에 묶어 메고 있었다. 두 무리가 서로 가까워지자 골메는 맨 앞에서 걸어오는 사냥꾼에게 말을 걸었다.

"많이 잡았어?"

"아니. 몇 마리 정도뿐이야."

골메가 그의 어깨 너머로 눈길을 주어 사냥꾼들이 메고 있는 것을 보고는 말했다.

"산양도 한 마리 잡았네?"

"자네들이 잡은 멧돼지에 견주면 아무 것도 아니지."

"우리가 멧돼지를 잡긴 했어도 다른 건 형편없어. 토끼와 너구리 몇 마리뿐이니까 말이야. 자네들은 여우와 오소리, 족제비까지 여러 마리나 되네?"

"그다지 자랑할 건 못 돼."

"자, 그만 내려가지."

두 사냥꾼 무리는 하나로 어울려 개울을 따라 걸었다. 땀이 식자 바람이 서늘하게 느껴졌다. 골메는 살소와 나란히 걸으며 말했다.

"올해도 겨울을 날 일이 걱정이군."

"사냥감이 점점 줄어들고 있으니 이만저만 큰일이 아니야."

해마다 식량이 모자라 한겨울이 되면 이틀에 한 끼 먹기도 어려웠다. 사냥꾼들이 점점 더 멀리 사냥을 나가는 데도 이렇다 할 사냥감을 찾기란 쉬운 일이 아니었다. 더구나 날씨가 추워지고 눈 내리는 날이 계속되면 아예 사냥하러 나가지도 못했다. 그럴 때면 온 마을 사람들이 다 산으로 올라가 뱀 굴을 찾아 헤매거나 개울가 돌을 뒤져 잠자는 개구리를 잡는 데 혈안이 되곤 했다.

"겨울철 식량을 해결할 무슨 좋은 방법이 없을까?"

"한두 해 겪어온 일도 아닌데 어인 뾰족한 수가 있으려고."

"바닷가 마을은 우리보다 더하겠지?"

"그럴 거야. 한겨울이 되면 물속에 들어갈 수조차 없다지 아마."

"우시메 그 사람은 어떻게 지내고 있는지……."

"절룩거리는 다리로 무얼 할 수 있겠어?"

"참 아까운 사람이야. 예전에는 우리 마을에서 으뜸가는 사냥꾼이었는데."

바닷가 마을과 산 너머 마을을 오가며 전령 노릇을 하고 있는 사내아이 진치가 숲 속에서 달려 내려오며 소리쳤다.

"오늘 산 너머 마을에서 사냥 잔치가 열린다고 해요!"

그 말을 듣는 순간, 바닷가 마을 사람들은 무언가에 홀리기라도 한 듯이 하나같이 일손을 놓고 길 떠날 채비를 서둘렀다.

"울치야, 올해는 너도 같이 가자꾸나. 여럿이 갈수록 먹을 걸 더 많이 얻을 수 있단다."

"바닷가 갯바위에 가서 아버지를 모셔올까요?"

"아니다. 같이 가자고 해도 가실 분이 아니니……."

산 너머 마을로 가는 길에는 벌써 바닷가 마을 사람들의 행렬이 이어지고 있었다. 진치가 길잡이가 되어 사람들을 이끌고 있었다. 울치는 친구 숨마가 아주머니와 함께 앞서 가는 것을 보고는 바로 곁에 따라 붙였다. 숨마가 먼저 말을 걸었다.

"울치 너, 산 너머 마을에 처음 가보지?"

"응. 너는?"

"나도 처음이야."

숲 속 샘터를 지나고 고개를 하나 넘었다. 한 차례 쉬었다가 갈 만도 한데 바닷가 마을 사람들은 잠시도 쉬지 않고 내리막길을 재촉해 갔다. 마음이 급해서였다. 자칫 잘못 뒤늦게 도착하면 때를 놓쳐 아무 것도 얻지 못할 수도 있었다.

산허리를 에워들었다. 곡식을 가꾸는 밭이 나타났다. 산벼가 누렇게 익어가고 있었다. 밭 너머로 평평하다고 할 만큼 조금 비탈진 넓은 터에 크게 울타리를 두른 마을이 들어서 있었다. 수십 채나 되는 움집도 바닷가 마을과는 비교가 안 될 만큼 모두 웅장했다. 마을 안에는 짐승을 가두어 기르는 곳도 있었다.

"대단한데?"

술마가 입을 쩍 벌렸다. 처음 보는 광경에 울치도 놀라기는 마찬가지였지만 내색은 하지 않았다. 열어 놓은 문을 지나 울타리 안으로 들어섰다. 가장 큰 움집 앞 즘게터에 온 마을 사람들이 모여 있었다.

가장 높은 단상에는 호랑이 가죽을 쓴 큰어른 구루미가 앉아 있었고, 그 바로 아래에 암커사 늠네가 메꽃 머리띠를 두르고 온몸에도 꽃 치장을 한 채 서 있었다. 그리고 단상 앞에서부터 차례로 아이들 어른들 사냥꾼들 여자들이 빙 둘러앉아 있었다.

그들은 누구랄 것도 없이 다 가죽으로 지은 옷을 걸쳐 입었고, 짐승의 뼈를 다듬어 모양을 낸 것이거나 여러 색깔의 돌구슬로 목걸이 귀걸이 심지어는 허리띠까지 나름대로 장식하고 있었다.

큰어른 구루미가 손을 들었다.

"잔치를 시작하라."

암커사 늠네가 즘게터 한가운데로 나왔다. 그러고는 익숙한 솜씨로 나무 마찰을 일으켜 쌓아 놓은 풀 더미에 불을 붙인 뒤 그것을 곧장 커다란 나무더미에 옮겨 붙였다.

나무에 불이 옮겨 붙어 제대로 활활 타오르기 시작하자 둘러앉은 사람들은 너나 할 것 없이 콧소리 입소리를 흥얼거리며 몸을 흔들어 대었다. 흥이 무르익어가자 울치 또래의 아이들이 하나둘 달려 나와 불 주위를 돌면서 춤을 추기 시작했다.

앉아 있는 어른들은 저마다 손에 들고 있던 돌이며 나무막대기를 두드려 장단을 맞추었다. 아이들이 신명을 끌어올린 다음에는 어른 티가 엿보이는 다 자란 아이들이 나와 둥글게 돌며 춤을 추었다. 이상한 몸짓을 보이기도 하고 갖가지 표정을 짓기도 했다.

마을에서 가장 용감한 사냥꾼들은 돌도끼며 돌창을 들고 나왔다. 그들은 짐승을 사냥하는 춤사위를 보이며 불 주위를 성큼성큼 돌았다. 돌을 갈아 날을 세운 도끼와 창이 불빛에 번쩍이곤 했다.

어른 아이 할 것 없이 뒤섞여 맴도는 춤판에 맨 마지막으로 여자들이 나가자 괴성과 장단 소리는 더욱 커졌다.

춤을 추지 않는 사람은 단상에 앉아 있는 큰어른 구루미와 암커사 늠네, 그리고 나이가 아주 많은 노인들뿐이었다. 한동안 춤판을 바라보던 구루미가 이번에는 말없이 손을 들었다. 그 신호를 본 늠네가 춤판을 향해 소리쳤다.

"그만 멈추어라!"

차츰 신명을 가라앉힌 산 너머 마을 사람들은 어린아이들, 어른이 다 된 아이들, 사냥꾼들 그리고 여자들 순서로 자리로 돌아가 앉았다.

"가비님에게 제물을 바쳐라."

큰어른 구루미의 말이 떨어지자 암커사 늠네가 사냥꾼 두 사람을 가리켰다. 그들은 돌칼을 들고 나와 잡아놓은 멧돼지의 대가리를 잘라내었다. 늠네가 직접 그것을 창에 꿰어 건네자 사냥꾼들이 마을의 즘게인 커다란 은행나무 가지에 세로로 묶었다.

암커사 늠네가 즘게를 돌며 홀로 춤을 추기 시작했다. 춤사위는 앞서 여느 사람들이 추었던 것보다 훨씬 강렬하고 움직임이 컸다. 늠네가 온 정신을 쏟아 춤을 추는 동안 온 마을 사람들이 한 목소리를 내며 장단을 맞추었다.

갑자기 춤사위를 멈춘 늠네가 소리쳤다.

"가비님이 허락하셨다!"

"와아!"

늠네는 은행나무 가지에 묶어두었던 창을 내렸다. 그러고는 품에서 번쩍이는 칼을 꺼내들고 멧돼지 아가리에서 어금니 두 개를 뽑아내어 큰어른 구루미에게 바쳤다. 구루미는 여러 사냥꾼들 중에서 맨 먼저 돌창을 던져 멧돼지를 찔러 죽인 선창잡이 골메를 불러내어 그것들을 주었다.

골메는 그동안 사냥한 짐승들의 송곳니가 적잖이 꿰어있는 목걸이를 벗어 멧돼지의 긴 어금니 두 개를 끼워 다시 목에 걸었다. 그러고는 들고 있던 돌창을 높이 들어 포효를 하듯 크게 소리를 질렀다.

마을 사람들이 손에 들고 있는 것들을 두드리며 그의 이름을 환호했다.

"골메! 골메! 골메!"

큰어른 구루미가 새김장이 반구에게 말했다.

"우리 마을 최고의 사냥꾼 골메와 그가 잡은 멧돼지를 '신성한 큰 바위벽'에 새겨 넣으라."

"잘 알겠습니다."

울치는 사냥꾼 골메가 그지없이 부러웠다. 커서 어른이 되면 다른 그 무엇보다 사냥꾼이 되고 싶은 마음이 일었다. 침을 꿀꺽 삼켰다. 가장 용감한 사냥꾼이 되어서 잡은 짐승의 이빨을 가지런히 꿴 멋진 목걸이도 하고 싶었고, '신성한 큰 바위벽'에도 자랑

스럽게 새겨지고 싶었다.

하지만 바닷가 마을에서 태어난 처지로는 절대 그렇게 될 수 없을 것 같았다. 속으로 화가 치밀었다. 울치는 자기 자신을 바닷가 마을 사람으로 태어나게 한 어머니와 아버지가 한없이 미워졌다.

도대체 어떤 이유로, 누구는 산 너머 마을 사람이 되고 누구는 바닷가 마을 사람이 되는지, 또 바닷가 마을 사람이 산 너머 마을 사람으로 될 방법은 없는지 궁금했지만 속 시원히 일러주는 사람이 없었다.

사냥꾼들이 타오르고 있는 불가에서 멧돼지를 해체하기 시작했다. 사냥터에서 같이 잡아온 산양이며 여우, 토끼, 오소리, 너구리, 족제비 따위도 여기저기에서 마을 사람들의 손에 해체되고 있었다. 아이들은 숨을 죽인 채 짐승의 가죽을 벗기고 배를 갈라 내장을 꺼내고 뼈를 발라 살코기를 해체하는 과정을 신기한 눈으로 바라보고 있었다.

이윽고 큰어른 구루미가 앉아 있는 단상 앞에 다 해체된 고깃덩이며 가죽이며 내장 따위가 따로따로 모아져 놓였다. 잠시 내려다보던 구루미는 암커사 늠네에게 약으로 쓰도록 멧돼지 쓸개를 가지도록 했다. 그런 뒤에 그와 일일이 의논하여 사냥꾼들 중에서도 창잡이들, 길목잡이들, 몰이꾼들의 순서대로 배분했다. 여자들과 아이들 그리고 노인들에게도 나누어 주었다.

이제나저제나 자신들의 차례가 돌아오기만 고대하고 있던 바닷가 마을 사람들이 한 사람씩 불려나가 홍지러미며 내장 따위를 조금씩 내림받았다. 그때마다 사람들은 고마워하며 공손히 받아들고 자기 자리로 돌아왔다.

진치는 산양의 간과 오소리 고기를 조금 받아왔고, 숨마와 아주머니는 토끼의 내장을 한 움큼씩 받아들고 돌아와 웃어보였다.

줄을 서 있던 울치가 어머니와 함께 큰어른 구루미 앞으로 나아갔다. 암커사 늠네가 두 사람의 이름을 구루미에게 알려주었다. 구루미는 두 사람을 번갈아 유심히 바라보더니 그윽한 음성으로 물었다.

"돌래? 돌래라면 우시메의 아내가 아니냐?"

"그렇습니다."

"네 곁에 서 있는 아이는 우시메의 아들이냐?"

"예, 큰어른님."

"네 이름이 뭐냐?"

"우…울치입니다."

"으음. 한데, 어찌하여 우시메는 오지 않았느냐?"

돌래는 우물쭈물 대답을 하지 못했다. 이번에는 암커사 늠네가 물었다.

"아직도 다리를 절룩이느냐?"

돌래는 숙인 고개만 깊이 끄덕였다.

"아까운 놈."

한 마디 중얼거리고 난 구루미는 돌래에게는 멧돼지의 허파 한 쪽을, 울치에게는 오소리의 내장을 내려주었다. 울치가 돌래와 함께 물러나려는데 또다시 큰어른 구루미의 목소리가 뒷덜미에 떨어졌다.

"이건 가져다가 우시메에게 먹이거라."

돌아선 돌래의 발아래 떨어진 건 한 뼘이나 될까한 멧돼지의 등뼈 토막이었다. 살점이 제법 붙어있었다. 주워든 돌래는 어떤 바닷가 마을 사람들보다도 더 깊이 허리를 굽히고는 돌아왔다.

배분이 다 끝나자 시끌벅적한 먹자판이 벌어졌다. 바닷가 마을 사람들도 즘게터 한 구석에 몰려 앉아 작은 모닥불을 피워 놓고는 내려 받은 것들을 제각기 구워 먹기 시작했다. 온 터에 고기며 내장이 익는 소리와 냄새가 넘쳐흘렀다.

산 너머 마을 어른들은 바닷가 마을 사람들을 무시하여 한 사람도 찾아오지 않았지만, 아이들만은 갖옷을 입은 저희들과는 달리 갈대옷을 두른 차림새에 잔뜩 호기심이 일어 바닷가 마을 아이들 주변으로 다가들어 곁눈질을 하곤 했다.

"애, 네가 우시메의 아들 맞지?"

울치는 얼른 돌아보았다. 기척도 없이 다가와 있는 건 앳된 계집아이였다. 검고 긴 머리는 목덜미에서 묶어서 등으로 늘어뜨렸고 하얀 여우 가죽으로 지은 옷을 입고 있었다. 목에는 늑대 송곳니를 꿴 목걸이를 걸고 있었고 검은 조약돌을 꿰어 두른 허리띠는 흰 옷과 색깔이 반대로 어울려 눈에 확 띄는 차림새였다.

"내…내가 울치이긴 한데?"

"우리 아버지가 너를 좀 데리고 오라셨어. 나랑 같이 가."

"네 아버지가 왜 날 보자는 거야?"

"가보면 알아."

돌래가 계집아이의 얼굴을 가만히 살피더니 물었다.

"너 골메의 딸이냐?"

"예, 아주머니."

"아버지를 꼭 빼닮았구나. 울치야, 다녀오렴."

울치는 삼삼오오 앉아서 떠들고 있는 바닷가 마을 사람들 사이를 계집아이와 나란히 걸었다.

"나는 굴화라고 해. 호호, 네 이름이 울치라니 참 우습다."

"뭐가 우스워?"

"울보라는 말과 비슷한 이름이잖아."

울치는 대꾸하지 않았다.

"바닷가 마을은 어떤 곳이야?"

울치는 굴화의 물음을 또 외면해버렸다. 이름을 조롱한데다가 자기가 살고 있는 바닷가 마을까지 형편없는 곳으로 여기고 있는 것 같아서였다.

"어떤 곳이냐니까?"

"바닷가 마을이 바닷가 마을이지."

"어떤 마을인지 참 궁금하다. 너희 마을에 놀러가도 돼?"

"오든 말든."

"너, 아까 '신성한 큰 바위벽'에 새겨지게 된 그 사냥꾼이 부러웠지? 사실은 내가 너를 다 지켜보고 있었어."

울치는 다문 입을 열지 않았다.

"우리 친구하지 않을래?"

그 말에 울치의 입이 터졌다.

"여자랑은 친구 안 해. 더구나 이 마을 아이라면 누구와도 친구하지 않겠어."

"뭐라고? 너, 이제 보니 아주 속이 좁은 아이로구나?"

"마음대로 생각해."

말없이 걷던 굴화가 제 목걸이를 벗어 울치에게 건네주면서 말했다.

"이거 너 줄게. 가져."

힐끗 본 울치는 덥석 집어 들고 싶은 충동이 일었지만 관심이 없는 듯 이내 고개를 돌렸다.

"이건 우리 아버지가 전에 사냥해서 잡은 늑대의 송곳니야. 아무나 가질 수 없는 아주 귀한 거라고"

울치는 손을 내밀지 않았다. 굴화가 눈치 채지 못하게 내려뜨린 팔과 손에 힘을 주어 두 주먹을 불끈 쥐었다.

'흥, 내가 나중에 어른이 되면 훌륭한 사냥꾼이 되어서 늑대 따위보다 더 크고 더 사나운 짐승을 꼭 잡아 보이고 말테야.'

"네가 어떻게 생각하든 나는 울치 널 친구로 여길 거야."

울치는 빈정거리듯 내뱉었다.

"첫, 친구는 혼자서 하나."

"아무튼 그렇게 알아. 이제 다 왔어."

골메는 늠름한 태도로 다른 사냥꾼들과 함께 빙 둘러앉아 있었다. 울치가 가까이 다가가자 골메는 웃는 얼굴로 반겼다.

"어서 오너라."

골메는 조금 비켜 나 앉으며 울치에게 곁을 내주었다. 하지만 울치는 앉지 않았다.

"왜 절 부르셨어요?"

"네가 아까 큰어른님 앞에서 우시메의 아들이라기에 가까이에서 보고 싶었단다."

"우리 아버지를 아세요?"

"글쎄. 허허. 우선 좀 앉거라. 앉아서 얘기하자꾸나."

울치가 골메 곁에 앉는 겨를에 굴화도 그 반대편 옆자리에 앉았다. 골메는 울치에게 불에 잘 구운 멧돼지 고기를 한 토막 건네주었다. 울치가 얼른 받지 않고 머뭇거리자 골메는 손에 쥐어주었다. 민망해진 울치가 골메에게 물었다.

"사냥을 하고 나면 늘 이렇게 잔치를 여나요?"

"보통 때는 열지 않지. 겨울이 되면 사냥하기가 힘들어지기 때문에 해마다 가을이 끝나갈 요즘과 같은 무렵에 큰어른님이 보름 동안 사냥 대회를 크게 열어주신단다. 짐승을 많이 잡아서 겨울을 날 준비를 하려고 말이야."

"아저씨는 참 대단해요. 예전에는 늑대도 잡으셨다면서요?"

"허허, 그게 뭐 그리 대단하다고······."

골메 옆에 앉아 있던 길목잡이 사냥꾼 살소가 말했다.

"오래 전엔 이 아저씨보다 더 대단한 사냥꾼이 있었지."

"아저씨보다 더 대단한 사냥꾼이라고요?"

골메가 대답했다.

"사실은 네 아버지 우시메가 우리 마을에서 제일가는 사냥꾼이었단다. 언젠가 호랑이를 잡은 적도 있었으니까 말이다."

"호…호랑이라고요?"

"그럼, 호랑이를 잡은 그 이듬해에는 큰 수사슴과 암사슴을 한꺼번에 잡았었지. 그 덕에 어미를 따라오는 새끼까지도 거저 잡았고 말이다."

"우…우리 아버지가요?"

"그렇단다. 그래서 '신성한 큰 바위벽'에 두 번이나 새겨졌지. 그 뒤로 지금까지 호랑이를 잡은 사냥꾼은 아무도 없어."

"서…설마?"

"여태까지 네가 그걸 모르고 있었다니 오히려 내가 놀랍구나."

굴화는 고개를 앞으로 내밀고 울치를 바라보았다.

"이야, 네 아버지가 호랑이까지 잡은 용맹한 사냥꾼이었다니 다시 봐야겠는 걸?"

울치의 귀에는 굴화의 말이 들리지 않았다.

"우리 아버지가 사냥꾼이라면 이 마을에서 살아야지 왜 바닷가 마을에 살고 있는 거예요?"

"그건 내가 대답할 만한 물음이 아니구나. 마을로 돌아가거든 네 아버지한테 직접 여쭈어보렴."

"우리 아버지가 다리는 어쩌다가 다치셨어요?"

"허허, 궁금한 게 많구나."

"아저씨만이라도 자세히 얘기를 좀 해주세요."

"너무 조급하게 굴지 말거라. 네가 씩씩하게 커가는 동안 절로 이것저것 알게 되는 때가 올게다."

제3장 암거사가 들려준 이야기

잠에서 깬 울치는 눈을 비비고 움집 안을 둘러보았다. 아버지는 여전히 바닷가에 나가버린 뒤였다. 돌래는 아들에게 먹일 아침 식사를 차렸다. 산 너머 마을에서 얻어온 멧돼지 등뼈를 화덕에 구운 것이었다.

"이건 아버지가 드실 거잖아요?"

"너 먹이라고 하시더구나. 어서 먹으렴."

화덕 앞으로 당겨 앉은 울치는 고깃살을 우물거리며 물었다.

"예전엔 아버지가 최고의 사냥꾼이셨다면서요?"

"골메 아저씨가 그러던?"

울치는 고개를 끄덕였다. 돌래의 얼굴에 갑자기 수심이 드리워졌다.

"우리 울치가 좀 더 크면 얘기해 주마."

"지금 얘기해 줘도 알아들을 수 있단 말이에요. 왜 어른들은 하나같이 제가 나중에 다 크면 알게 된다고만 하는지 그 이유를 모르겠어요."

"그래그래, 지금 알려줘도 우리 울치가 잘 알아듣겠지. 하지만 다 듣고 난 뒤에 잘못된 판단을 하기 쉬운 나이라서, 어른들이 그것을 염려해서 좀 더 자란 뒤에 들려주려는 것이란다."

"잘못된 판단을 하지 않을 테니 지금 알려주세요."

"어릴 적에는 다른 사람의 얘기를 듣고 어떤 판단을 하게 되는지 자기 자신은 잘 알 수 없단다. 그리고 어릴 적에 한 번 잘못된 판단을 하게 되면 다 커서도 그것을 바꾸기가 쉽지 않단다. 그러니 조금만 더 때를 기다리렴."

"알았어요. 이다음에 제가 다 크면 꼭 얘기해 주셔야 돼요?"

"오냐, 말해주고 말고."

식사를 마칠 즈음에 움집 밖에서 전령꾼 진치의 목소리가 들려왔다.

"울치야, 빨리 밖으로 나와 봐!"

굴화가 아침 햇살을 받으며 밝은 얼굴로 서 있었다. 진치는 제 할 일을 마쳤다는 듯 그 길로 바람처럼 가버렸다.

"네가 우리 마을에 웬일이야?"

"그냥. 바닷가 마을은 어떨까 궁금해서 와 봤어. 경치가 참 좋네."

"좋긴 뭐가 좋아? 그만 돌아가."

굴화는 망설이다가 말했다.

"우리 저 산 너머로 가보지 않을래?"

"내가 너희 마을에 왜 또 가?"

"우리 마을이 아니고 저쪽 산 너머 어른들이 사냥을 다니는 곳 말이야."

사냥이라는 말에 울치는 굴화의 눈길을 따라 먼 산으로 눈을 돌렸다. 망설여졌다. 하지만 마음은 이미 한쪽으로 기울고 있었다. 바닷가 마을 아이가 산 너머 마을 아이의 말을 무시하고 외면했다는 말이 나돌기라도 한다면 어머니나 아버지에게 어떤 벌이 내려질지 모를 일이었다.

돌래가 웃으며 떠밀듯이 울치의 등을 토닥거려 주었다.

"산속 너무 깊이 들어가지는 말고 조심해서 다녀오도록 하거라."

"예, 어머니."

울치는 굴화와 함께 길을 나섰다. 숲 속 샘터에 이르러 샘물로 목을 축였다. 거기서부터 나 있는 오른쪽 길은 산 너머 마을로 가는 길이라는 걸 알고 있었다. 하지만 왼쪽으로 가면 어디로 가게 될지 전혀 알고 있지 못했다.

낯선 숲으로 들어서자 울치는 이내 두려움에 휩싸였다. 길도 없을뿐더러 우거진 나무들 탓에 햇빛이 제대로 들지 않아 해 질 녘처럼 어두운 탓이었다.

울치는 땅에 떨어져 있는 긴 나뭇가지를 주워들었다. 돌멩이를 바위에 던져 깨뜨려서 날카로운 모서리로 자질구레하게 붙어있는 곁가지들을 끊어내었다. 나뭇가지는 순식간에 흡사 창 자루 같은 긴 막대기가 되었다. 한 자루 더 만들어서 굴화에게 내밀었다.

"자, 사람을 헤치는 짐승이라도 나타날지 모르니까."

"너 보기보다 재주가 아주 좋네."

"만약 내가 토끼라도 잡으면 큰어른님께 일러바칠 거지?"

"아니. 잡기만 해. 같이 구워먹게."

"나중에 딴말하기 없기다?"

"알았어."

울치는 몸을 앞으로 숙이고 막대기를 겨누어 주위를 살피면서 천천히 나아갔다. 굴화도 발자국 소리를 죽여 뒤따랐다. 울치는 굴화가 잘 따라오고 있는가 하여 가끔 뒤돌아보았다. 그때마다 굴화는 빙긋 웃어보이곤 했다.

물소리가 나는 것 같아 비탈을 내려갔다. 폭이 넓은 시내가 나타났다. 잔뜩 긴장한 채 산속을 헤매는 바람에 촉촉이 젖은 얼굴을 맑은 물로 씻었다. 굴화가 세수를 하는 동안에 울치는 고개를 들고 둘러보다가 깜짝 놀랐다.

시내 건너편에 우뚝 솟아있는 커다란 바위벽에 여러 가지 그림이 새겨져 있는 것이었다. 굴화와 함께 시내를 건너 다가갔다. 자세히 보니 사람뿐만 아니라 호랑이를 비롯하여 수사슴, 암사슴, 멧돼지와 같은 짐승들이 잔뜩 그려져 있었다.

굴화가 입을 열었다.

"이게 바로 '신성한 큰 바위벽'인 것 같아."

"그래?"

"틀림없어. 저길 봐."

바위벽 한가운데를 쪼아 새겨 놓은 멧돼지 한 마리는 금방이라도 튀어나와 달아날 것만 같았다.

"우리 아버지가 사냥한 멧돼지일 거야."

"그래?"

"새김장이 반구 아저씨가 벌써 새겨놓았나 보다."

굴화는 다른 그림으로 눈길을 옮겼다.

"저기에 호랑이 그림도 있네? 가만, 사슴 가족 앞에서 활을 겨누고 있는 사람은 울치 네 아버지인가 봐?"

울치는 굴화가 손으로 가리키는 곳을 보았다. 새끼를 가운데에 두고 수사슴과 암사슴이 서 있었고 그 앞에는 조그맣게 사람이 새겨져 있었다.

"울치 너도 이 '신성한 큰 바위벽'에 새겨지고 싶지 않아?"

울치는 아무 말도 하지 않았다.

"왜 대답이 없어?"

"그만 가자."

두 아이는 다시 산비탈을 올라갔다. 산등성이가 가까워질 무렵, 작은 짐승 한 마리가 두 사람이 있는 곳으로 곧장 달려오다가 후다닥 방향을 바꾸어 달아나는 것이었다.

"어? 토끼다!"

울치는 나무막대기를 들고 얼른 쫓아갔다. 몇 걸음 내딛지 않아 숲에서 갑자기 낯선 아이들이 나타나 울치 앞을 가로막았다. 손에는 제각각 짧은 돌창을 쥐고 있었다. 뒤따라 온 굴화가 그 중에서 한 아이를 보고 반가워했다.

"너 굼다개 아니니?"

"굴화 네가 이 깊은 산속까지 웬일이야?"

"으응. 그게……."

"이 녀석은 누구야?"

굼다개 곁에 서 있던 아이가 무언가 귓속말을 소곤거렸다. 굼다개는 울치에게 한 걸음 다가서면서 말했다.

"이것 봐라, 띠옷을 입었네? 너 바닷가 마을 놈이지?"

울치가 아무 말도 하지 않자 아이들은 둘러서서 더 세차게 다그쳤다. 그래도 울치는 한 마디도 하지 않았다. 아이들은 급기야 창끝으로 울치를 찌르려는 시늉까지 했다. 굴화가 말리려 들었지만 소용없었다.

"이제 보니 이 녀석, 바보 아냐? 우리가 잡으려던 토끼를 달아나게 한 주제에 뭘 잘했다고 뻣뻣하게 버티고 있어?"

굴화가 울치 대신 대답했다.

"달아나게 한 적 없어. 토끼가 그냥 우리를 피해서 다른 쪽으로 가버린 거지."

"그게 그거지 뭐야. 우리 길목잡이들이 지키고 있는 곳으로 너희가 올라오지만 않았어도 잡을 수 있었단 말이야."

굼다개는 다시 울치를 노려보며 말했다.

"바닷가 마을 놈들은 그 누구라도 그곳을 벗어나면 안 된다는 것을 모르지 않을 테지?"

"굼다개 너 왜 자꾸 그래? 울치는 아무 잘못도 없어."

"잘못이 없다니? 굴화 너까지 혼쭐이 나고 싶어?"

굼다개는 졸개 부리듯이 아이들에게 말했다.

"애들아, 도저히 안 되겠어. 아쉽게 토끼를 놓쳤으니 제 주제도 모르는 이 건방진 녀석이나 실컷 패주고 돌아가자."

아이들은 얼어붙은 듯 서 있는 울치를 밀어서 쓰러뜨린 뒤에 마구 달려들어 발로 차고 밟아대었다. 어떤 아이는 돌창의 뒤끝으로 내리찍기까지 했다. 울치는 소리 한 번 크게 지르지 못하고 발길질과 창 자루 세례를 당하고만 있었다.

굴화가 울면서 말리려 들었다.

"애들아 그러지 마!"

굼다개가 굴화의 손목을 낚아챘다.

"이게? 너는 이리 와!"

"울치야, 울치야, 흐흑!"

굴화는 굼다개의 손아귀를 뿌리칠 힘이 없어 제자리에서 버둥거릴 뿐이었다.

"이것 놔! 이 손 놓으란 말이야!"

"가만히 좀 있어! 계집애가 앙칼스럽기는."

울치를 흠씬 두들겨 팬 아이들이 하나둘 물러가자 굼다개가 말했다.

"너무 억울해 하지 마. 다 네 잘못이니까."

한 아이가 물었다.

"굴화 얘는 어떻게 하지?"

"바닷가 마을 녀석과 놀아났으니 마을로 데려가서 큰어른님께 말씀드리도록 하자."

굴화는 흐느끼는 목소리로 울치를 부르면서 아이들에게 끌려갔다. 온몸이 피범벅이 된 울치는 정신을 잃어버린 뒤라 꼼짝도 하지 못했다.

아이들이 다 돌아간 숲 속에는 새들이 지저귀는 소리만 울렸다. 땅에서는 이따금 밤송이며 도토리가 떨어지는 소리가 툭, 툭 날 뿐이었다. 깊은 숲 속은 적막하기 이를 데 없었다. 울치가 흘린 피 냄새를 맡고 늑대나 호랑이 같은 사나운 짐승이라도 나타나면 큰일이었다. 하지만 울치는 좀처럼 깨어나지 못하고 있었다.

"휴우!"

가쁜 숨을 몰아쉬며 숲 속을 헤쳐 오는 사람이 있었다. 새김장이 반구로부터 '신성한 큰 바위벽'에 그림을 다 새겼다는 말을 듣고 그것을 확인하려고 길을 나선 암커사 늠네였다. 늠네는 어디선가 이상한 냄새가 나는 듯해 고개를 돌렸다.

그리 멀지 않은 곳에 산짐승 한 마리가 죽어있는 것만 같았다. 어떤 짐승이 해를 당했는지 궁금해 걸음을 그쪽으로 놓았다.

"아니, 이건?"

죽어있는 것처럼 보인 것은 짐승이 아니라 사람, 그것도 어린 아이임을 안 늠네는 소스라치게 놀랐다. 손을 아이의 코끝에 대어 보았다. 가는 숨길이 아직 끊어지지 않고 이어지고 있었다. 그대로 두어서는 안 될 일이었다. 늠네는 아이를 들쳐 메었다.

근처에 있는 한 동굴을 찾아들어간 늠네는 아이를 눕혀 놓고 불을 피웠다. 그러고는 서둘러 약초를 뜯어와 치료를 했다. 목숨을 잃을 고비는 넘겼다고 생각한 늠네는 그제야 한숨을 돌리며 아이의 얼굴을 찬찬히 뜯어보았다.

'이 아이는 우시메의 아들이 아닌가? 한데 이 아이가 어떻게 이 깊은 산속에?'

늠네는 메꽃 머리띠에서 꽃 한 송이를 뽑아들고 꽃잎을 한 장씩 뜯어 울치의 얼굴과 온몸에 던지면서 점을 쳐보았다. 얼마 지나지 않아 점괘를 얻은 늠네는 또 한 번 놀랐다.

'이 아이가 '신성한 큰 바위벽'에 새겨질 운명을 지녔다니?'

늠네는 점괘의 의미를 곰곰이 생각하다가 문득 우시메를 떠올렸다. 그러고는 다시 울치를 내려다보았다. 정신이 돌아오는 소리를 내고 있었다.

"으, 으으!"

울치가 온전히 깨어나자 늠네가 물었다.

"이 깊은 산속에는 어떻게 왔느냐?"

울치는 사실대로 말할 수가 없었다. 굴화가 벌을 받을까 두려워서였다.

"산속에 뭐가 있는지 궁금해서 호…혼자 나섰어요."

"상처는 어떤 짐승한테서 입은 것이냐?"

"여…여러 마리였지만 어떤 짐승인지는 몰라요."

늠네는 울치가 사실대로 말하지 않고 둘러대고 있다고 느꼈지만 다그쳐 캐물으면 더 큰 거짓말을 지어낼까봐 더 깊이 묻지 않았다.

"다시는 바닷가 마을을 벗어나지 말거라."

"예, 암커사님."

"너 혹시 저 아래 시냇가에 있는 '신성한 큰 바위벽'을 보았느냐?"

"바위그림이라면 보았어요."

"그래? 그렇다면 네가 '신성한 큰 바위벽'을 처음으로 본 아이가 되는구나."

늠네는 울치가 예사롭게 여겨지지 않았다.

'이 아이의 점괘에 기대를 걸어보아도 될까? 우시메가 실패한 일을 어쩌면 장차 이 아이가 이루어낼 수도 있으려나?'

늠네가 생각에 잠겨 있는 겨를에 울치가 물었다.

"왜 우리 마을 사람들은 모두 죄인처럼 살면서 바닷가를 벗어나면 안 되는 거예요?"

"응? 그게 궁금하더냐?"

"예, 몹시 궁금해요. 하지만 가르쳐 주는 사람이 아무도 없어요."

늠네는 조금도 망설이지 않고 입을 열었다.

"원래는 두 마을 사람들이 오랫동안 같이 어울려 한 마을로 살았단다. 그때는 산속에서 사냥만 하고 살았었지. 한데 어느 때부턴가 사냥을 나가지 않고 하루 종일 바닷가에만 가 있다가 돌아오곤 했던 사내가 있었단다. 바로 네 아버지 우시메였지."

늠네의 말을 듣는 울치의 두 눈이 빛나기 시작했다.

"땅에서 하는 사냥이 한계에 다다랐으니 이제는 바다에서도 사냥을 해야 합니다."

"저게 무슨 소리야?"

"글쎄 말이야. 발이 있는 사람이 바다로 나가야 한다니?"

"별 미친 소리를 다 듣는군."

"정신이 있는 거야, 없는 거야?"

"큰어른님, 사람은 땅의 지배자는 될 수 있어도 바다의 지배자는 될 수 없습니다."

"그렇습니다. 사람은 뛰어다닐 발을 가지고 있는데, 바다는 뛰어다닐 곳이 아니라 지느러미로 헤엄치고 다니는 곳입니다."

우시메는 여러 사람들이 완강히 반대를 하는데도 불구하고 자신의 주장을 이어나갔다.

"아닙니다. 뛰어다니지 않아도 또 지느러미로 헤엄치지 않아도 됩니다. 제 말을 믿지 못하시겠다면 당장 바다에 나가 보여드릴 수도 있습니다."

"그래?"

큰어른 구루미와 암커사 늘네는 우시메의 말을 확인하려고 길을 나서서 바닷가에 이르렀다. 수많은 마을 사람들이 뒤따른 것은 당연한 일이었다.

바닷가에 이른 우시메는 자기가 직접 만든 배를 보여주었다.

처음 보는 것이라 사람들은 모두 의아해했다. 우시메는 서슴지 않고 배를 바다에 띄워 노를 저어 보였다. 바다 위를 둥둥 떠다니는 배를 처음 본 사람들은 저마다 탄성을 질렀다.

"이야, 거 참 신기한 걸?"

"나무속을 파내고 저런 걸 만들 생각을 다 했다니."

다시 노를 저어 돌아와 배에서 내린 우시메에게 큰어른 구루미가 물었다.

"네가 고안한 것이냐?"

"아닙니다. 지난날 이 바닷가로 떠내려 온 통나무배가 있었는데 반쯤 부서지고 썩은 것이었습니다. 그것을 보고 제 나름대로 궁리해서 이 배를 만들었습니다."

실제 사람이 타고 바다를 떠다닐 수 있는 배를 두 눈으로 똑똑히 보고나서도 바다에 나가 사냥하는 것을 애초부터 반대한 사람들은 얄팍한 자존심 때문에 갖가지 이유를 끌어다대며 자기네들의 주장을 굽히지 않았다.

"우시메의 말대로 바다에 나가자면, 오랜 시간을 들여서 저렇게 큰 배도 만들어야 하고 큰 물고기를 잡을 무기도 따로 지녀야 합니다."

"가만히 생각해보니, 배가 기울어 물에 빠질 위험도 있습니다.

더구나 아무리 큰 배를 만든다 하더라도 땅에서처럼 배 안에서 마음대로 뛰어다닐 수는 없습니다."

"옳은 말입니다. 땅에서는 무기만 지니면 되는데 구태여 위험한 배를 타고 바다에까지 나갈 필요가 어디 있겠습니까?"

우시메는 지지 않았다.

"바다에 나가 적응만 하면 산에서 짐승들을 사냥하는 것보다 더 손쉽게 물고기를 잡을 수 있습니다. 바다에는 사슴이나 멧돼지보다 백 갑절이나 더 큰 물고기도 있습니다. 그 물고기를 한 마리만 잡기만 하면 온 마을 사람들이 두고두고 먹을 수 있습니다. 겨울철에 먹을거리 걱정을 더 이상 안 해도 된다는 말입니다."

"정말 그렇게 큰 물고기가 바다 속에 있다는 말이냐?"

"그렇습니다, 큰어른님. 제가 여러 차례나 이 두 눈으로 똑똑히 보았습니다."

"으음. 아무래도 믿지 못하겠군."

"사슴이나 멧돼지 백 마리를 사냥하는 것이 힘들겠습니까, 그 물고기 한 마리를 잡는 것이 힘들겠습니까?"

"그 물고기를 잡을 방법은 마련해 두었느냐?"

"그렇습니다, 큰어른님."

그즈음 마을 사람들의 의견이 두 갈래로 나누어져 어느 쪽으로도 기울지 않고 옥신각신하며 맞서자 큰어른 구루미는 암커사 늠네와 논의한 끝에 한 가지 조건을 달아 명령을 내렸다.

"좋다. 우시메를 따르고자 하는 사냥꾼들은 그를 따라 겨울이 오기 전까지 큰 물고기를 잡아오너라. 만약 그렇지 않으면 허무맹랑한 주장을 한 죄로 큰 벌을 받게 될 것이다."

"그래서 어떻게 되었어요?"

"그 뒤로 우시메는 자신을 따르는 사냥꾼 열한 명과 함께 큰 배를 만들고 무기도 갖추어서 바다로 나갔단다. 그리고 큰 물고기를 만나 싸웠지만 안타깝게도 사냥꾼 몇 사람은 물에 빠져 죽고 말았고, 또 남은 몇 사람도 겨우 목숨만 건진 채 다 반병신이 되어서 돌아왔지.

뛰어난 사냥꾼들의 헛된 죽음에 크게 화가 난 큰어른님은 우시메와 우시메의 주장을 믿고 따른 사냥꾼들, 그리고 그들의 가족까지 모두 바닷가에만 살도록 벌을 내렸단다. 입을 거리며 먹을거리를 다 바다에서만 나는 것으로 충당하라는 말씀과 함께.

자, 이제 네가 살고 있는 바닷가 마을을 둘러싼 궁금증이 속 시원히 풀렸느냐?"

"예."

울치는 바닷가 마을 사람들이 모두 다 아버지를 미워하는 이유를 알 것도 같았다.

"그런 일이 있기 전까지만 해도 우시메와 골메 두 사람은 최고의 사냥꾼 자리를 다투는 경쟁자이자 친구였단다. 하지만 우시메는 바다에 나가기를 주장했고 골메는 반대하는 데 앞장섰었지. 그 바람에 두 사람 사이가 아주 멀어지고 말았단다."

"그러면 우리 바닷가 마을이 큰어른님이 내리신 벌에서 벗어날 방법은 영영 없나요?"

"그 큰 물고기, '바다의 귀신'이라고 불리는 바로 그놈을 잡는 것뿐이지."

"그 물고기를 잡을 방법은 있나요?"

"전혀 없지는 않겠지. 하지만 나는 그 방법을 알지 못한단다."

"암커사님이 모르는 일도 있어요? 암커사님은 세상일을 다 알고 계시는 줄 알았는데……."

"어느 누구라도 단 한 사람이 세상일을 다 알 수는 없단다."

울치는 더 묻지 않았다.

"만약 '바다의 귀신'을 잡고 싶다면, 그 방법은 네가 직접 찾아보는 수밖에 없단다. 그런데 사냥에 아주 뛰어난 어른 사냥꾼들 여럿이 나섰어도 잡지 못했다는 사실을 절대 잊지 말거라."

"예, 암커사님."

해가 지도록 집으로 돌아오지 않는 아들을 기다리다 못해 어두운 산길을 헤치고 산 너머 마을까지 가보려고 했던 돌래였다. 길을 나서자마자 암커사 늠네와 함께 걸어오는 울치를 발견하고는 얼른 달려가 안았다.

"도대체 어디에 갔었던 거야?"

"죄송해요, 어머니."

"굴화는 어떻게 하고?"

그 말을 들은 암커사 늠네가 뜻밖이라는 낯빛으로 울치에게 물었다.

"굴화라니?"

대답은 돌래가 했다.

"아침에 굴화가 저희 마을에 놀러 와서 제 아들놈과 함께 산으로 갔었답니다."

"그래?"

늠네는 울치에게 엄한 목소리로 물었다.

"굴화는 어떻게 된 거냐?"

"산속에서 산 너머 마을 아이들을 만났는데 그 아이들과 함께 돌아갔어요."

그 말을 듣고서야 늠네와 돌래는 안도했다. 늠네가 돌아가고 나자 돌래는 울치를 집으로 데리고 들어왔다. 숯이 든 따뜻한 화덕 앞에 앉혀 놓고 물었다.

"산에서 무슨 일이 있었니? 이런 상처들은 어떻게 해서 생긴 것이고?"

"아무 일도 없었어요. 그냥 넘어진 것뿐이에요."

"아무리 보아도 내 눈에는 그냥 넘어져 다친 상처 같지 않구나?"

"그건 그렇고, 암커사님이 아버지 이야기를 들려주셨어요."

"그래? 정말 암커사님에게서 네 아버지 얘기를 들었단 말이니?"

"그럼요."

"다 듣고 나니까 어떤 생각이 들던?"

"아버지는 참 비겁해요."

"왜?"

"여러 사람을 데리고 '바다의 귀신'을 잡으러 갔다가 실패를 했으면 돌아온 뒤에라도 다시 가서 복수를 해야 하는 것 아니에요? 그런데도 매일같이 바닷가 갯바위 위에 앉아서 멍청하게 바다를 바라만 보고 있으니 그게 비겁하지 안 비겁해요?"

돌래는 아들을 마주보는 낯빛을 고쳤다. 그러고는 배를 타고 바다에 나가 사냥을 하고자 했던 우시메의 용기와 결단에 대해서 조목조목 설명을 해 주었다.

"잘 생각해 보렴. 그때 네 아버지가 아니었다면 누가 그런 생각을 하고 또 시도를 하려 들었겠니?"

"하지만 실패했잖아요?"

"성공이냐 실패냐가 중요한 것이 아니란다. 하나의 신념을 품었을 때 그것을 행동으로 옮기느냐 옮기지 않느냐가 중요한 것이지. 어떤 신념도 가지지 않은 사람에게는 아무 쓸모도 없는 말이다만. 그래 우리 울치는 어떤 신념을 가지고 있니?"

"그건……. 지금은 말씀드리고 싶지 않아요."

"아버지가 다시 바다에 나가지 않는 건 다리가 불편해서가 아니라 아직도 그 '바다의 귀신'을 잡을 방법을 남몰래 고민하고 계시기 때문이란다."

"정말요?"

"그럼, 네 아버지가 다른 사람은 몰라도 내 눈은 절대 못 속이지."

"그놈을 잡을 방법을 찾아내기만 하면 다시 배를 타고 바다에 나가시겠네요?"

"반드시 그러실 거야."

"저도 데려가 주실까요?"

"글쎄, 모르긴 해도 우리 울치가 배를 타고 바다에 나갈 준비가 되어 있는지 안 되어 있는지에 달려있겠지?"

"그러면 저도 이제부터 준비할래요."

"좋을 대로 하렴. 참, 울치야. 이 바닷가 마을에서 맨 처음 미역을 먹은 집이 우리 집이라는 걸 아니?"

"저는 모르고 있었어요."

"예전에 '바다의 귀신' 한 마리가 죽은 채로 파도에 떠밀려서 바닷가로 올라온 적이 있었단다. 그때 네 아버지와 같이 그놈을 해체해 보았지. 그런데 뱃속에 이상한 바다풀이 가득 차 있기에 그놈이 별걸 다 먹는구나 하고 생각했었는데 알고 보았더니 새끼를 배고 있었지 뭐냐.

그 뒤에 내가 너를 뱄는데 네 아버지가 그놈 뱃속에 들어있던 바다풀과 똑같은 것을 따 와서 내게 먹으라고 주더구나. 그것을 먹고 나서 너를 낳았고, 또 너를 낳고 나서도 계속 먹었더니 며칠 만에 자리에서 거뜬히 일어날 수 있었단다. 다른 어머니들은 애기를 낳고 난 뒤에 오랫동안 일어나지 못하거든."

"그때 드신 게 미역이었다는 말씀이네요."

"그렇단다. 그리고 네가 태어날 때 먼 바다에 '바다의 귀신'들이 떼를 지어 나타나 울었다고 해서 네 아버지가 너의 이름을 울치라고 지어주었단다. 내 아들은 꼭 '바다의 귀신'이 우는 소리를 듣고 반드시 그놈을 잡을 운명을 타고났을 거라면서 굉장히 기뻐하셨지."

"정말요?"

"그럼. 그러니 우리 울치가 좀 더 자라면 '바다의 귀신'을 잡는 방법을 꼭 찾아내어서 잘 가르쳐 주실 게야."

"하지만 몸이 불편한데 어떻게 가르쳐 주실 수 있어요?"

"네 아버지는 충분히 가르쳐 주시고도 남을 분이란다."

"그렇다면 참 좋겠어요."

"그 '바다의 귀신'은 호랑이를 백 마리나 합친 것보다 더 크고 사납다는 것을 아니?"

"그래요? 그러면 이빨도 무지무지하게 크겠네요?"

"아마 이빨 하나가 커다란 다람쥐만할 걸?"

"우와?"

울치는 그것을 꿰어 목에 걸 생각만 해도 가슴이 벅찼다.

"그리고 우리 울치가 '바다의 귀신'을 잡으면 '신성한 큰 바위벽'에도 가장 크게 새겨질 걸? 가장 큰 짐승을 잡은 사람이 가장 크게 새겨지지 않으면 어느 누가 가장 크게 새겨지겠니?"

울치는 벌떡 일어나면서 소리쳤다.

"좋아!"

그러고는 돌래에게 다짐을 했다.

"어머니, 제가 꼭 그놈을 잡아서 아버지와 우리 바닷가 마을에 내려진 벌을 없애고, '신성한 큰 바위벽'에도 기필코 새겨지고 말겠어요!"

제4장 '바다의 귀신'의 정체

"쉬잇!"

돌래가 웬일인가 하여 눈을 크게 뜨고 아들을 바라보았다. 울치는 손짓을 섞어 아버지를 따라가 보겠다는 뜻을 나타내었다.

"그러다가 혼나면 어떻게 하려고 그러니?"

"걱정 마세요 제가 다 알아서 할게요"

울치는 부스스한 머리를 두어 번 매만져 내린 뒤, 움집을 나와 몰래 우시메의 뒤를 밟아 갔다.

우시메는 긴 나무막대기를 짚고 절룩거리며 바닷가로 향하고 있었다. 그런데 늘 홀로 앉아 있곤 하던 갯바위로 가지 않고 기슭을 에돌아가는 것이었다. 울치는 행여 들키기라도 할세라 이따금 바위틈에 몸을 숨기곤 하며 멀찍이서 뒤따랐다. 우시메는 모래밭 한가운데에 있는 길쭉한 바위 앞에 이르러 걸음을 멈추었다.

울치는 갯가 큰 바위 뒤에 숨어서 우시메를 엿보았다. 문득 저 말고 혹시라도 다른 사람이 따라오지나 않았는지 뒤를 살피다가 고개를 바로 돌렸다. 그 사이에 우시메는 바위 위에 올라서서 들고 있던 긴 나무막대기를 바위에 내리 꽂았다가 뽑아들곤 했다.

'뭘 하시는 거지?'

멀리서는 자세히 볼 수 없어서 울치는 좀 더 가까이 다가가기로 했다. 기다시피 해 바위 사이를 지났다. 우시메가 올라 서 있는 길쭉한 바위가 제대로 보일만한 데까지 이르렀을 때였다.

"울치냐?"

울치는 가슴이 철렁 내려앉아 꼼짝도 하지 않고 웅크리고 있었다. 다시 한 번 아버지의 음성이 들렸다. 그래도 울치는 몸을 드러내지 않았다. 우시메는 부드러운 음성으로 타이르듯이 아들을 불러내었다.

"거기 있는 거 다 안다. 그만 나와서 이리로 오너라."

울치는 멋쩍은 낯으로 일어났다. 바위 앞으로 걸어가며 우시메에게 물었다.

"제가 숨어있는 걸 어떻게 아셨어요?"

"이놈아, 마을에서부터 네가 미행하는 것을 다 알고 있었다."

"쩝."

울치는 입맛을 다시고 난 뒤에 길쭉한 바위를 보았다. 바위인 것도 같고 그렇지 않은 것도 같았다.

"참 이상하게 생긴 바위네요"

"네 눈엔 이게 바위로 보이느냐?"

"바위가 아니면요?"

"어디 한 번 눈여겨 살펴 보거라."

한 바퀴 돌며 바위를 바라보는 동안 울치는 놀라 입을 다물지 못했다. 바위가 아니라 진흙으로 만든, 어마어마하게 큰 물고기였다.

머리는 가늘고 긴 세모꼴이었고, 셀 수도 없을 만큼 많은 수염이 나 있었다. 등에는 지느러미가 없었지만 앞가슴에는 작은 지느러미가 양쪽으로 나 있었다. 꼬리 쪽에 가까운 등줄기에는 삐쭉삐쭉한 것이 열 개도 넘게 솟아 있었고, 넓적하게 두 갈래로 벌어진 꼬리지느러미의 한가운데는 움푹 패어 있었다.

울치가 서른 걸음이나 내디뎌야 한 바퀴 돌 수 있을 만큼 엄청나게 큰 물고기의 몸통에는 따개비, 바다벼룩 같은 것이 덕지덕지 붙어 있었다. 등이나 몸통에도 많이 박혀 있었지만 대가리의 왼쪽 부분에 가장 촘촘하게 박혀 있었고 군데군데 붙어 있다가 떨어진 자국도 보였다.

"마을 사람들이 '바다의 귀신'이라고 부르는 바로 그 물고기란다."

"예에? 호랑이보다 백 갑절이나 크고 사납다는 바로 그 '바다의 귀신'이라고요?"

"그렇단다. 한데 백 배가 다 뭐냐? 이백 배 삼백 배 큰 것도 있는데."

"우와!"

"그 녀석도 참. 놀라기는."

"제 눈으로 직접 보고 있지만 이것만 해도 도저히 믿기지 않아서 그래요. 그런데 어떻게 이렇게 큰 물고기를 진흙으로 만드셨어요?"

"만든 게 아니고 진흙을 붙여놓은 거란다."

"붙여 놓다니요?"

"아주 오래 전에 죽어서 파도에 떠밀려온 것을 건져 놓았었는데, 살은 다 썩어서 밀물에 씻겨 없어지고 뼈만 남은 것에 이 아버지가 진흙을 발라서 원래 모양대로 해 놓은 것이란 말이다. '바다의 귀신'은 마을 사람들이 부르는 말이고, 아버지는 귀신고래라고 부른단다."

'귀신고래, 귀신고래……'

울치는 몇 번이고 입속말로 되뇌어 보았다. 썩 어울리는 말 같았다. 몸집으로 보나 몸통 색깔로 보나, 그리고 덕지덕지 붙은 것들로 보나 어느 한 가지도 귀신처럼 여겨지지 않는 데가 없었다.

"왼쪽 눈이 없네요?"

"오래 전, 아버지가 여러 아저씨들과 함께 처음 배를 타고 바다에 나갔을 적에 잡으려고 했던 놈처럼 꾸며 놓았지. 그때 그놈은 내가 던진 돌작살에 찔려 한쪽 눈을 잃는 바람에 외눈이가 되어 있을 게야. 눈을 잃고 난 뒤로는 더욱 난폭해져서 제 무리와도 어울리지 못하고 홀로 돌아다니고 있단다.

그래서 그놈이 해마다 마을 앞바다에 나타날 무렵이면 마을 사람들이 두려워해서 물일하기를 아주 꺼려하지. 하지만 그놈 역시 하나의 짐승에 불과해. 다만 땅에서 걸어 다니는 그 어떤 짐승에 견줄 수 없을 만큼 몸집이 크기는 하지만."

"해마다 돌아온다고요?"

"암."

"그러면 왼쪽 눈을 보고 그놈인지 아닌지 알아보시겠네요?"

"갯바위에 앉아서 가까이 다가갈 수도 없는데 어떻게 바다에 있는 놈의 눈을 볼 수 있겠느냐?"

"한쪽 눈이 없다는 것을 확인하지 않으면 알 수 있는 방법이 없잖아요?"

"그렇게 하지 않아도 다 아는 방법이 있단다."

"그러면 아버지는 그 귀신고래를 잡는 방법도 알고 계세요?"

"안다고 해야 할지 모른다고 해야 할지……. 아직 잡아본 적이 없으니 어떻게 대답해야 할지 모르겠구나."

"아니에요. 아버지는 틀림없이 알고 계실 거예요. 제게도 가르쳐 주세요. 그런 뒤에 저랑 함께 잡으러 가요."

"바다에서 귀신고래를 잡는 건 쉬운 일이 아니란다. 산속에서 호랑이를 사냥하는 것보다 훨씬 힘들고 어려운 일이야."

"그래도 좋아요."

"그래? 그렇다면 아무리 힘들고 괴로워도 아버지가 시키는 대로 하겠다고 약속하겠느냐?"

"그럼요."

"좋아, 네 결심이 섰다면 오늘은 이것저것 준비를 해야 하니 귀신고래를 잡는 데 필요한 훈련은 내일부터 시작하자꾸나."

"얏호, 신난다!"

울치는 가슴이 울렁거렸다. 드디어 '신성한 큰 바위벽'에 새겨지기 위한 첫걸음을 내딛게 되었다는 설렘과 기쁨에 하루 종일 다른 생각은 아무 것도 떠오르지 않았다.

깊은 밤이 되어도 울치는 좀처럼 잠이 오지 않아 온몸을 뒤척거리기만 했다. 그러다가 언제 잠들었는지 아버지와 함께 배를 타고 나가 거친 파도를 헤치며 귀신고래를 사냥하는 꿈을 꾸었다.

"좀 더 자게 놔두지 그래요?"

"아니오 바다의 사냥꾼이 되려면 살을 에고 뼈를 깎는 고통을 견디어내야만 하오. 바다에 나가면 몇 날이고 잠 한숨 못자고도 꿋꿋하게 버틸 수 있어야 한다는 말이오."

"저 아이에게 도대체 뭘 어쩌려고……."

곤히 잠든 울치를 아침 일찍 바닷가로 데리고 나간 우시메는 단단히 다짐을 주었다.

"머리로만 익힌 알음알이는 평소에 자주 반복하지 않으면 기억에서 곧 사라지고 말지만, 몸으로 익힌 재주는 뱀뱀이처럼 그대로 몸에 배어서 오랫동안 그 쓸모를 잃지 않는단다. 알겠니?"

"알았어요"

우시메는 맨 먼저 헤엄치는 법부터 가르쳤다. 울치가 수영을 할 줄 몰라서가 아니었다. 마을 아이들과 바닷가 얕은 곳에서 물장구치는 정도로는 어림도 없어서였다. 귀신고래 사냥꾼이 되려면 적어도 바닷가 마을에서 산 너머 마을까지나 되는 먼 거리를 한 번도 쉬지 않고 헤엄쳐 갈 수 있어야 했다.

"물이 너무 차가워요."

"귀신고래는 바닷물이 차가울 때 나타나니까 어쩔 수 없단다. 물에 들어가기 전에 먼저 온몸에 바닷물을 묻혀 여러 번 문지르면 한결 따뜻하게 느껴지지. 그렇게 해보거라."

우시메는 기슭에 놓인 진흙고래 앞에서 울치에게 헤엄쳐 갔다 와야 하는 거리를 정해주고는 숲 속으로 사라졌다. 그런 뒤에는 저녁이 다 되어서야 다시 나타나서 울치가 게으름을 피웠는지 열심히 했는지 점검을 하는 것이었다.

"어디 가서 뭘 하시는 거지?"

헤엄치기에 익숙해질 무렵 우시메는 자맥질을 가르쳤다. 그러고는 잠수를 한 채 물속으로 헤엄쳐 가도록 명령했다. 울치는 아버지가 정해 준 곳까지 물 밖으로 머리를 한 번도 내밀지 않고 잠영으로 가는 연습을 했다. 처음에는 얼마 가지 못하고 몇 번이나 솟구쳐 올라 가쁜 숨을 몰아쉬곤 했다.

우시메는 울치가 잠수하는 일에 더 이상 겁을 내지 않자 전복과 미역, 조개와 같이 바다 속에서 자라는 것을 따오도록 시켰다.

"푸아!"

수면으로 솟구쳐 오른 울치는 헤엄을 쳐 밖으로 나왔다. 허리에 찬 망태기가 불룩하고도 묵직했다. 우시메는 빙그레 웃으며 아들에게 물었다.

"이제는 물속에서 제법 오래 견디는구나. 그래 오늘은 뭘 그렇게 많이 잡았느냐?"

"바닥에 조개가 아주 많아서 그것만 주워 담았어요"

울치는 망태기를 집으로 가져와서 돌래와 함께 껍데기를 깠다. 그런데 한 조개껍데기를 열어젖히니 조갯살 속에 흰 구슬 하나가 영롱한 빛을 내며 박혀 있는 것이었다. 처음 보는 것이라 신기하기만 했다.

"이거 어머니 가지세요"

"조개 속에 이런 구슬이 다 들어있다니. 빛깔이 어쩌면 이리도 고울까. 고맙구나, 우리 울치."

아들이 잠든 틈을 타서 돌래는 우시메에게 말했다.

"아직 어린아이인데 좀 더 크면 가르치시지 않고요."

"어리고 안 어리고는 생각하기에 달린 것이오"

"아무리 그래도 그렇게 힘든 훈련까지 시키시는지, 참."

"아무 걱정하지 마오 몸과 마음은 쓰면 쓸수록 겪으면 겪을수록 강인해지는 법이니까."

어느새 해가 바뀌어 봄이 찾아왔다. 바닷물이 따뜻해지자 울치는 헤엄치기와 자맥질을 한결 수월히 할 수 있었다.

"이젠 귀신고래를 잡을 무기를 만들도록 하자."

울치는 우시메가 해 보이는 손놀림을 따라하며 돌작살을 만들어 나갔다. 단단한 돌을 깨뜨려 작살의 날을 길고 뾰족하게 다듬었다. 하지만 번번이 날 끝을 부러뜨리고 말았다. 그럴 때면 우시메는 조심성이 없다고 점잖게 나무랐다.

우시메는 커다란 통나무 끝을 고래의 대가리와 같은 세모꼴이 되도록 뾰족하게 깎아내고 양쪽 두 눈과 정수리께에 있는 두 숨구멍까지 내어 바닷가에 띄웠다. 그러고는 울치를 데리고 높은 갯바위로 올라갔다. 실제 고래 크기보다 턱없이 작긴 했지만 고래의 머리와 몸통을 닮은 통나무가 물결에 따라 이리저리 떠다니자 마치 살아 헤엄쳐 다니는 것 같았다.

"귀신고래는 이곳처럼 바위가 널려 있고 바다의 깊이가 두 길밖에 안 되는 곳이라도 슬그머니 나타나는 경우가 있단다."

"깊은 바다에서 살지 않고 왜 이렇게 얕은 바닷가에 나타나는 거예요?"

"그놈들은 오랫동안 깊이 잠수할 수가 없거든. 또 몸에 박혀서

자라는 따개비 같은 것들 때문에 가려움을 많이 느낀단다. 그래서 물속에 잠겨 있는 바위에 살갗을 자주 문질러서 가려움을 없애려고 하는 게지. 자, 이젠 저 통나무를 귀신고래라고 생각하고 여기서서 작살로 내리찍는 연습을 하거라."

"예, 아버지."

"작살 던지는 연습을 할 때에는 반드시 일격에 치명상을 안길 수 있는 눈이나 숨구멍을 정확히 노려야 한다. 귀신고래는 때때로 슬그머니 대가리를 내밀고 물 밖을 살펴보기도 하니까, 기회가 오면 그런 때라도 놓치지 말고 얼른 노릴 수 있어야 한다는 말이다. 알겠지?"

우시메는 여느 날처럼 또 숲 속으로 들어갔다. 울치는 궁금히 여기면서도 한 번도 여쭤보지 않았다. 머잖아 알게 될 것이라고 믿기 때문이었다. 바닷가 마을이나 아버지에 관한 비밀도 때가 되기 전에 다 알게 되었으므로.

"이얍!"

울치는 둥둥 떠다니던 통나무가 갯바위 아래쪽으로 밀려오기를 기다렸다가 힘껏 작살을 날렸다. 하지만 눈이나 숨구멍은커녕 통나무조차 맞히지 못했다.

"그것 참, 쉽지 않은데."

하루 종일 작살 던지는 연습을 하다가 지친 몸을 끌다시피 해 집으로 돌아왔다. 저녁을 먹고는 이내 쿨쿨 곯아떨어졌다. 울치가 한잠이 든 것을 본 돌래가 우시메에게 나지막한 목소리를 내었다.

"산 너머 마을에 사는 굴화라는 아이가 몇 번이나 찾아왔다가 울치를 만나지 못하고 그냥 돌아가곤 했답니다. 오늘도 헛걸음을 했고요. 그러니 울치를 하루쯤 쉬게 해서 둘이 어울려 놀도록 해 주세요."

"굴화? 언젠가 울치와 함께 산으로 나들이를 갔었다는 골메의 딸아이 말이오?"

"예, 먼 길을 찾아와서 마음 쓰는 것도 그렇고, 어느 모로 보아도 참한 아이 같습디다."

"제 마을 아이들에게 얻어맞아서 죽을 지경에까지 이른 놈을 버리고 가버렸던 년이 무슨 낯짝으로 찾아온단 말이오?"

"제 발로 달아난 게 아니라 아이들한테 끌려갔었다지 않습니까?"

"그 얘기라면 그만 됐소. 그리고 친구고 뭐고 아직은 울치에게 방해만 될 뿐이니 만나게 해서는 안 되오. 더구나······."

우시메가 말끝을 흐리자 돌래가 물었다.

"왜 말씀을 하시다가?"

"아무 것도 아니오."

달이 찼다가 기울고 기울었던 달이 다시 부풀어 오르기를 거듭하는 동안 울치의 작살 실력은 늘어만 갔다. 던질 때마다 큰 통나무에 새겨 놓은 귀신고래의 눈과 숨구멍을 어김없이 맞히는 것을 본 우시메는 그것보다 더 작은 통나무를 바다에 띄웠다.

"귀신고래는 갓 낳은 새끼를 등에 태우고 다닌단다. 저건 새끼라고 여기거라."

울치는 쉬지 않고 연습한 덕분에 갯바위 위에서 돌작살을 던져 아주 작은 통나무에 표시된 것까지 백발백중으로 맞히는 실력을 갖추게 되었다. 하지만 우시메는 거기서 만족하지 않았다.

"오늘부터는 바다로 뛰어내리면서 찍는 연습을 하거라."

갯바위 위에 서 있던 울치는 통나무가 물살에 떠밀려오는 것을 보고는 훌쩍 뛰어내리면서 작살을 내리꽂았다. 그런데 몸이 공중에 떠 있는 상태에서 물결에 따라 이리저리 움직이는 조그만 통나무를 맞히기란 여간 어려운 게 아니었다. 더구나 통나무만 맞혀서는 될 일이 아니었다. 귀신고래의 눈과 숨구멍이라고 새겨 놓은 데를 맞혀야 하기에 전보다 더욱 정신을 집중해야 했다.

"이야아!"

울치는 훌쩍 뛰어올랐다가 통나무를 끝까지 노려보면서 작살을 던졌다. 돌작살의 날이 통나무에 꽂혔다. 작살을 던지고 나서 바다에 떨어진 울치는 헤엄을 쳐 통나무에 표시해 놓은 고래의 숨구멍에 정확히 꽂혀 있는 작살을 확인하고는 주먹을 내지르며 환호를 했다.

그때 물속에서 뭔가 검은 것이 재빠르게 헤엄쳐 지나갔다. 작은 물고기였다. 울치는 통나무에서 작살을 뽑아들고 가슴까지 차는 물속에 서서 꼼짝도 않고 기다렸다. 잠시 뒤 경계심을 놓은 물고기가 지나가자 재빨리 작살로 내리찍었다.

손끝으로 찍혀드는 느낌이 전해졌다. 작살을 들어내었다. 날 끝에 물고기가 꿰어 있었다. 감생이였다. 울치는 의기양양한 얼굴이 되었다.

"세상에!"

날마다 해산물을 따오다가 이제는 물고기까지 잡아나 나르는 아들이 돌래는 여간 대견스럽지 않았다. 울치 덕분에 저녁식사는 매일같이 풍성했다. 울치의 몸도 몰라보게 부쩍 일어 있었다.

"이건 네가 작살로 처음 잡은 물고기이니……."

우시메는 감생이 이빨을 뽑아 울치에게 목걸이를 만들어 주었다.

"산속 사냥꾼은 짐승의 이빨로 목걸이를 만드니까 우리는 바닷물고기의 이빨을 꿰어 목걸이를 하는 것이 당연하지, 암. 허허."

목걸이를 받아들고 잠시 만지작거리던 울치는 이빨 중에서 가장 커 보이는 것 두 개를 뺐다.

"이걸로 목걸이를 하나 더 만들어 주세요"

"누구 줄 사람이 있느냐?"

"그…그냥요."

돌래가 빙그레 웃었다.

"나는 우리 울치가 누구한테 주려는지 다 알지."

"어머니도 참."

"호호, 이젠 우리 울치가 다 컸구나. 다 컸어."

우시메는 울치에게 돌칼 쓰는 법도 빠뜨리지 않고 가르쳤다. 작살도 없이 귀신고래 위에 올라탔을 때를 대비하기 위해서였다. 또 구름과 바다 색깔과 냄새로써 날씨를 예견하는 법, 밀물과 썰물에 이어 계절에 따라 바닷물의 흐름과 파도를 읽는 법, 노를 저어 통나무배를 부리는 법, 그리고 배의 출렁임에 따라 뱃머리에 서서 중심을 잡는 법에 이르기까지 귀신고래를 잡는데 필요한 모든 걸 오직 몸으로 익히게 했다. 배를 타고 바다에 나가기만 하면 어느 때고 머리로 생각할 시간이 그렇게 많지 않기 때문이었다.

"그놈은 얕은 바다에서 놀 적에는 숨을 얕게 쉬지만 깊게 잠수하려고 할 때에는 숨도 깊게 쉰단다."

"그건 뭘 보고 알 수 있어요?"

"숨구멍으로 내뿜는 분수의 높이를 보면 짐작할 수 있단다. 분수를 높이 내뿜을 때에는 깊게 잠수하려는 뜻이지. 또 분수에 이상한 냄새가 날 때에는 그놈이 다쳤다는 증거이니까 잘 기억해 두거라."

아버지의 가르침을 받은 지 두 해가 지날 무렵, 울치는 바다에서만큼은 그 누구도 따라오지 못할 만큼 많은 재주를 체득하게 되었다.

"어머니, 요즘엔 굴화가 오지 않나요?"

"글쎄. 그러고 보니 한동안 나도 본 적이 없구나. 오랫동안 네가 만나주지 않아서 다른 친구를 사귀었나보네."

"정말 다른 친구를 사귀었대요?"

"아니, 내 생각이 그렇다는 말이다. 좀 기다려 보렴. 전처럼 생각지도 않은 날에 불현듯 너를 찾아올지 누가 아니?"

"다른 친구가 생겼으면 그만이죠, 뭐."

어머니의 얼굴에 장난기가 서려있는 것을 조금도 눈치 채지 못하고 혼자 속이 상한 울치는 바닷가로 향했다.

갯바위에 앉은 울치는 따로 감생이 이빨 두 개로 만든 목걸이를 만지작거렸다. 벗어서 던져버릴까 했지만 차마 그렇게 하지 못하고 손에 쥐고만 있었다. 해가 지고 있었다. 서녘 하늘이 붉게 물들어가며 장관을 이루었다.

"울치야!"

귀에 익은 목소리였다. 돌아다보았다. 굴화였다. 계집아이가 아니라 처녀가 다 되어 있었다. 굴화는 바위 위로 올라 울치 옆에 나란히 앉았다. 울치의 손에서 끈 같은 것이 비어져 나와 늘어뜨려져 있는 것이 눈에 들어왔다.

"그건 뭐야?"

"별것 아냐."

"별것 아닌 게 아닌 것 같은데? 이리 좀 줘봐."

굴화는 직접 울치의 손을 펴 집어 들었다.

"목걸이네? 매달린 이빨이 참 귀엽고 예쁘다. 어떤 짐승의 이빨이야?"

"감생이. 바닷물고기야."

"그래? 바닷물고기 이빨은 처음 본다. 이거 내가 가져도 돼?"

"가져. 어차피 버리려고 한 거니까."

"나 주려고 만든 걸 왜 버리려고 했어?"

"너 주려고 만든 거 아냐."

"정말 아냐?"

"아니래도."

"그러면 내가 바다에 던져서 버려줄게."

울치는 가슴이 덜컥 내려앉았다.

"버…버릴 거면 방금 전에는 왜 가진다고 했어?"

"에이, 이 바보야. 농담으로 해본 소리야."

"버리든 가지든 네 마음대로 해. 나한테는 필요 없는 거니까."

"아주머니한테서 얘기 다 들었어. 그동안 아저씨랑 '바다의 귀신'을 잡는 훈련을 하느라 고생이 많았다면서?"

"고생은 무슨."

"이제 보니 너, 어른처럼 아주 건강하고 의젓해 보인다."

그 말에 울치는 굴화에게 야속했던 심정이 한결 나아졌다.

"잠깐만 기다려."

일어선 울치는 두 길이나 되는 갯바위 위에서 두 손을 가지런히 앞으로 모아 뻗고는 제자리에서 모둠발을 굴려 바다에 풍덩 뛰어들었다.

"어멋!"

놀란 굴화가 얼른 아래를 내려다보았다. 물 위에 둥둥 뜬 울치가 갯바위를 올려다보며 소리쳤다.

"조개를 따서 던질 테니 받아줘!"

"알았어."

울치는 잠수를 했다가 물 밖으로 나타날 때마다 조개를 몇 개씩 던져대었다. 그럴 때마다 굴화는 울치가 던지는 조개를 두 손으로 받으려 했지만 품으로 안기듯 떨어지는 것만 엉겁결에 두어 개 받았을 뿐이었다.

한참 뒤에 물 밖으로 나온 울치는 굴화를 보고는 한 차례 크게 웃었다.

"너, 조개 안 받고 뭐했어?"

"그게 어디 그렇게 쉬운 일인가."

"일단 다 주워 모으자."

울치는 굴화와 함께 갯바위가에 흩어져 있는 조개를 주워 모았다. 그러고는 허리에 차고 있던 짧은 돌칼로 하나하나 조개의 껍데기를 까 속살을 파헤쳐 보곤 하더니 고개를 가로저으며 어깨 너머 등 뒤로 던져 버리는 것이었다.

"뭐하는 거야? 먹지 못하는 거라서 버리는 거야?"

"기다려 보래도"

한참 동안 까 나가던 울치가 갑자기 조개 하나를 손에 들고는 외쳤다.

"드디어 나왔어! 이것 좀 봐!"

분홍빛이 은은하게 감도는, 굴화의 눈동자만한 구슬이었다.

"아니 어떻게 이런 게 조개 속에 다 들어있담?"

울치는 조심스럽게 구슬을 파냈다. 손으로 닦아 물기를 없애고는 굴화에게 내밀었다.

"자, 너 가져."

"정말? 고마워, 울치야."

구슬을 받아든 굴화는 그지없이 기쁜 낯빛이었다. 고개를 옆으로 돌려 먼 수평선에 눈길을 주고 있는 울치를 바라보았다. 노을이 어려 울치의 얼굴이 붉어보였다. 굴화는 재빨리 울치의 뺨에 입술을 갖다 대었다.

"엇, 뭐하는 거야?"

굴화는 말없이 웃기만 했다. 금세 울치의 낯이 조갯살에서 파낸 구슬 빛보다 더 붉어졌다. 울치는 나지막한 굴화의 음성을 들었다. 늘 듣던 파도소리와는 유달리 똑똑히 들리는 것이었다.

"이거, 내가 지금까지 본 구슬 중에서 가장 예뻐."

제5장 우시메의 죽음

두 사내는 숯불이 거의 다 꺼져가는 화덕을 사이에 두고 말이 없었다. 움집 안을 둘러보고 난 뒤에 입을 연 것은 골메였다.

"우시메 자네 얼굴에도 이제 세월의 연륜이 묻어나는군."

"어디 나만 그렇겠는가."

"이제 그만 큰어른님과 암커사님을 뵙고 용서를 청하게. 자네가 그리 한다면 더는 옛 일을 문제 삼지 않고 너그럽게 받아주실 걸세."

"용서를 청하고 말고 할 게 뭐 있겠나."

"아직도 바다에 미련을 버리지 못하고 있는 겐가?"

"마음대로 생각하게. 한데, 그걸 물어보려고 나를 찾아 온 것은 아닐 테고?"

골메는 망설이는 기색을 보이다가 말을 돌려서 꺼냈다.

"울치도 이젠 많이 컸지?"

"아이들 얘기를 하러 온 게로구먼."

"실은 아이들이 요즘 부쩍 가까워진 것 같아서 걱정이네."

"걱정이라니? 아이들이 서로 원수처럼 지내기라도 해야 한다는 말인가?"

"그게 아니라, 여기저기 보는 눈들이 많은데 다 큰 아이들이 너무 붙어 다니는 것 같아서 하는 말일세."

"산 너머 마을 아이와 이곳 바닷가 마을 아이가 서로 어울려 지내는 꼴은 보지 못하겠다는 말이군."

"소문이 커지면 결국에는 큰어른님 귀에도 들어갈 것이고, 그리 되면 자네나 나나 어디 좋은 소리 듣겠는가? 또 아이들을 위해서라도 이쯤에서 서로 멀리 하도록 하는 게 나을 것 같네."

"아이들을 위해서라……."

"부탁일세."

"알겠네. 내 잘 알아듣도록 울치 놈에게 단단히 일러 놓도록 하지."

"고맙네, 이해해줘서. 그리고……."

골메는 품속에 손을 넣었다. 꺼내놓은 것은 울치가 갯바위에서 굴화에게 주었던 감생이 이빨 목걸이였다.

"이건 우리 굴화가 지니고 있을 물건이 아닌 것 같아서 돌려주겠네. 그리고 앞으로는 굴화가 이 마을에 드나드는 일은 없을 걸세."

우시메는 아무런 말도 하지 않았다.

"그럼 이만 가보겠네."

"잠깐만. 자네가 가지고 온 저 물건 도로 가지고 가게. 우리 마을에 들여올 수 없는 물건을 어떻게 내 집에 두겠는가?"

골메는 잠깐 뜸을 두었다가 말했다.

"그렇게 하지."

"멀리 못 나가네."

골메는 선물로 가지고 왔던 고깃덩이를 덥석 집어 들고는 뒤도 돌아보지 않고 나갔다. 그가 돌아간 지 한참 뒤에야 우시메는 움집에서 나왔다. 우시메가 골메를 배웅도 하지 않는 것을 이상하게 여긴 돌래가 밖에서 서성거리고 있다가 다가왔다.

"친구끼리 오랜 만에 만나서 무슨 말들을 나누셨어요?"

"알 것 없소"

저물녘에 울치가 돌아오자 우시메는 엄한 목소리로 말했다.

"이제부터는 언제든지 바다에 나갈 수 있도록 절대 다른 곳으로 나다니지 말거라."

"예, 아버지."

이튿날 이른 새벽부터 우시메는 울치를 데리고 바닷가로 나갔다. 갯바위에 나란히 서서 뜨는 해를 바라보았다. 아버지와 아들의 얼굴이 차츰 붉게 물들어 갔다. 우시메는 바다를 똑바로 바라보며 울치에게 물었다.

"굴화가 좋으냐?"

"좋아요."

"굴화도 너를 좋아하느냐?"

"그렇게 믿고 있어요."

"누가 너희 두 사람을 떼어 놓으려 한다면 어떻게 하겠느냐?"

울치는 잠시 머뭇거리다가 말했다.

"그렇게는 안 될 걸요. 한데, 왜 그런 걸 물으세요?"

우시메는 대답 대신 딴말을 했다.

"남자는 제 여자를 지킬 줄 알아야 한다."

"알겠어요. 끝까지 굴화를 지키겠어요."

붉게 물든 먼 바다에서 검은 바위 같은 것들이 떠올랐다 가라앉았다 하고 있었다. 우시메의 낯이 더 붉어졌다.

"이제 슬슬 그놈도 나타날 때가 되었군."

"그놈이라면 아버지가 기다리는 귀신고래 말이에요?"

"그렇단다. 따라오너라."

우시메는 울치를 데리고 진흙고래가 있는 기슭으로 향했다. 기슭에 이르러서는 진흙고래는 거들떠보지도 않고 곧장 늘 사라지곤 하던 숲속으로 들어갔다. 큰 나무들이 하늘로 뻗어 오르는 듯이 솟아 있는 숲에 이르렀다.

수북이 쌓여 있는 나뭇가지 앞으로 간 우시메는 그것들을 들어내기 시작했다. 울치도 다가들어 나뭇가지들을 치웠다. 몇 가지 치울 것도 없었다. 나뭇가지는 그저 덮어서 가려 놓은 것일 뿐이었다.

모양을 드러낸 것은 통나무배였다. 그것도 폭은 반 길이나 되고 길이는 두 길이 넘는 큰 배였다.

"우와, 아버지가 만드신 거예요?"

"그렇단다."

"언제 이런 걸 다 만드셨어요?"

"너를 훈련시킬 때 혼자 와서 틈틈이 속을 파내었지."

울치가 바다의 사냥꾼으로 거듭 나고자 여러 가지 훈련을 할 때 홀로 숲 속을 드나들며 만들었다는 말이었다. 불편한 몸으로 두 아름드리나 되는 나무를 찍어 넘기는 데만도 몇 날 며칠이 걸렸는지 모를 일이었다. 울치는 새삼스러운 눈으로 아버지를 바라보았다. 숲 속에 높이 자란 나무들보다 더 큰 거인으로 보였다.

뱃머리에는 길게 발판을 내었고 발판 아래는 물살을 가르기 쉽게 뾰족하게 다듬어져 있었다. 이물에서 고물로 길쭉하고 날렵하도록 바깥쪽은 잘 깎여 있었고, 고물에도 짧은 발판이 나 있었다.

울치는 경탄에 찬 낯빛으로 통나무배를 쓰다듬었다.

"안에 들어가 봐도 되요?"

"그럼, 되고말고 울치와 아버지가 함께 탈 배니까."

울치는 뱃전에 손을 올려놓고 두 발을 퉁기면서 팔을 폈다. 그러고는 다리를 한쪽씩 끌어올려 배 안으로 구르듯이 들어갔다. 넓게 파내어진 배 바닥은 평평했고 배 안쪽 옆면은 둥글게 깎여 있었다.

배 안에는 귀신고래를 잡는 데 필요한 도구가 여러 가지 갖춰져 있었다. 나무로 된 노, 돌날을 맨 작살, 돌도끼, 칡넝쿨을 꼬아 만든 밧줄, 나무뿌리를 다듬어 만든 갈고리…… 배 안을 반이나 채우고 있었다.

"뭐가 이렇게 많아요?"

"다 쓸모가 있단다. 아버지가 쓸 것에다 울치가 쓸 것, 그리고 여분의 것까지 마련했지."

"갑자기 가슴이 두근거려요."

"그러냐? 허허. 자, 이제 이걸 끌어서 바닷가로 나가자꾸나."

우시메는 밧줄 두 가닥을 배의 이물에 묶고 어깨에 걸어 당기기 시작했다. 울치는 고물을 밀고 나갔다.

"아버지는 어머니를 어떻게 만나셨어요?"

"어머니에게도 물어보았더냐?"

"아뇨."

"아버지가 예전에 산 짐승 사냥꾼이었을 때 호랑이를 잡았었는데, 사냥 잔치 때 그 호랑이 송곳니 하나를 네 어머니한테 선물했었지. 그래서 아버지랑 같이 살게 되었단다."

"그래요? 저도 귀신고래를 잡으면 가장 멋진 이빨 하나는 굴화한테 선물할래요."

"허허. 그렇게 하거라."

배를 바닷가 기슭으로 끌고 나와 진흙고래 옆을 지났다. 숲에서는 크게 보였던 통나무배가 마치 새끼고래처럼 그렇게 조그맣게 보일 수가 없었다.

"배가 턱없이 작은데 귀신고래를 잡으면 어떻게 이 배에 싣고 와요?"

"싣고 오는 게 아니라 갈고리에 걸고 넝쿨밧줄에 묶어서 끌고 와야 한단다. 하지만 그것도 쉬운 일이 아니지. 노 젓기가 아주 힘들어지니까 말이야."

드디어 두 사람은 바다에 배를 띄웠다. 아버지와 함께 배에 올라 탄 울치는 흔들리는 배 만큼이나 잔뜩 들뜬 표정이 되었다. 땅에서 끌 때와는 달리 물 위에 뜬 배는 아주 가볍게 느껴졌다.

"자, 이제 노를 저어 보자꾸나."

울치는 우시메의 구령에 맞추어 노를 저었다. 배가 앞으로 나아가자 울치는 더욱 더 가슴이 벅차올랐다. 배의 속력이 점점 빨라져 갔다. 울치는 더욱 힘껏 노를 저었다. 이미 귀신고래를 다 잡아 놓은 기분이었다.

돌작살로 정확히 고래의 급소를 내리찍는 장면, 갈고리로 찍고 밧줄로 칭칭 묶어 끌고 오는 장면, 바닷가에 끌어올려 놓았더니 굴화를 비롯한 모든 사람들이 놀라는 장면, 그 앞에서 아버지와 같이 작살을 짚고 의기양양해 하는 장면, 커다란 고래이빨 목걸이를 목에 거는 장면, 그리고 큰어른님의 명령으로 아버지와 나란히 '신성한 큰 바위벽'에 새겨질 생각까지 하니 신바람이 절로 났다.

멀리서 곰새기며 상쾡이가 무리를 지어 물 밖으로 뛰기를 하고 있었다. 줄지어 끊임없이 수면 위를 차오르곤 하며 어디론가 향해 가는 고래들의 행렬이 자못 장엄하고도 신비스러웠다.

"고래들이 왜 저런 짓을 해요?"

"물속에 사는 짐승이니까 가끔 물 밖 멀리까지 구경하고 싶지 않겠느냐?"

우시메는 수많은 고래들이 저희들끼리 축제를 벌이듯 한바탕 뛰어 노는 바다 한가운데에 배를 멈추었다.

"노는 그만 거두어 들이거라."

노를 당겨 배 안에 놓아둔 울치는 앉은 채로 사방을 둘러보았다. 고래뛰기에 몸살을 앓는 바다는 잠시도 쉬지 않고 이리 출렁 저리 출렁하며 배를 심하게 요동치게 만들었다. 끝없이 펼쳐진 바다에서, 그것도 무지막지하게 큰 고래들 앞에서 통나무배는 아주 작고 가냘픈 나뭇잎 같았다.

"최아악!"

갑자기 오른쪽 뱃전 얼마 떨어지지 않은 곳에서 커다란 고래 한 마리가 물 밖으로 솟구쳐 올랐다가 몸을 비틀며 떨어지고 있었다. 그 바람에 물결이 크게 울렁거려 하마터면 울치는 배 밖으로 떨어져 나갈 뻔했다. 울치는 두 팔을 벌려 양 뱃전을 잡고 몸을 똑바로 가누려고 안간힘을 썼다.

"몸이 흔들리면 흔들리는 대로 내버려 두거라. 가만히 있으려고 버티면 더 힘들단다."

우시메는 물속에 노 하나를 넣었다. 그러고는 노 끝에 대롱을 대어 놓고 대롱 끝에는 귀를 붙였다.

"뭐하시는 거예요?"

"어느 방향에 귀신고래가 있는지 물속에서 들려오는 소리로 알아보려는 것이란다."

"그렇게 하면 고래 소리가 들려요?"

"들리고말고. 쉿, 조용하거라."

잠시 후 우시메는 울치에게도 해보라고 손짓으로 시켰다. 울치도 노를 물속에 담가놓고 대롱을 댄 다음 다른 쪽 대롱 끝에 귀를 대었다. 그랬더니 신기하게도 갖가지 소리가 아련하게 귓속으로 전해지는 것이었다.

"들리느냐?"

무언가 두드리는 소리도 들렸고 으르렁거리는 소리도 들은 것만 같았다. 또 바위를 긁는 듯한 소리, 흐느끼는 듯한 소리, 트림하는 소리, 마치 밤에 멀리서 산짐승들이 내는 소리……. 귀를 뗐다가 다시 댈 때마다 들려오는 소리는 천차만별이었다.

"귀신고래는 어떤 소리를 내어요?"

우시메는 대롱에서 귀를 떼지 않고 나지막이 말했다.

"다시 한 번 들어보렴."

"쿵쿵 하고 뭔가를 치는 소리가 들려요."

"그래, 그게 바로 귀신고래가 내는 소리란다. 따개비 같은 것들이 살갗 깊이 박혀서 자라기 때문에 늘 가려움을 느껴서 물속 바위에 몸을 치기도 하고 긁기도 하지. 그럴 때면 소리가 나 별로 어렵지 않게 들을 수 있단다."

"귀신고래들이 다 이런 소리를 내면 아버지가 잡으려는 그 귀신고래를 구분해 낼 수 없잖아요?"

"그놈은 한쪽 눈을 잃은 뒤부터 다른 귀신고래들보다 유난히 신경질적으로 세게 치면서 긁는단다. 가만히 들어보면 알 수 있지. 쿠웅쿵 쿠웅쿵 하는 소리를 내니까 말이야."

바다를 놀이터 삼아 뛰기를 하며 실컷 놀던 고래들이 멀리 사라질 무렵이었다. 울치가 오른쪽 곶을 손가락으로 가리켰다.

"아버지, 저기!"

또 다른 고래 떼가 바닷가를 따라 내려오고 있었다. 배에서 멀리 떨어진 곳이 아니라서 굳이 노를 저어 가까이 다가가지 않더라도 잘 보였다.

검은 살갗에 수없이 흰 얼룩이 져 있었다. 그 때문에 햇빛을 받은 대가리 쪽이 눈부시도록 밝게 빛났다. 숨구멍에서 물을 뿜어내는 놈도 있었다. 뿜어진 물은 허공에서 한 덩이 구름처럼 흩어져 뒤로 밀려났다. 어떤 분수는 햇빛에 반사되어 무지개가 어리기도 했고, 햇빛에 붉게 물들어 보이는 것도 있었다. 분수만 아니라면, 또 뛰기만 하지 않는다면 검은 바위가 바다 위에서 떴다 가라앉았다 착각하기에 딱 알맞았다.

"결국 모습을 드러내는구나. 우리가 기다리던 바로 그 귀신고래 떼란다."

"어서 가봐요."

"그러자. 아버지가 배를 돌린 뒤 신호를 하면 힘차게 노를 젓거라."

"옛!"

고래 떼 근처에서 배를 멈춘 우시메는 물 위를 떠다니는 것들을 노 끝으로 건져서 살펴보았다. 깨진 따개비껍데기, 굴 껍데기, 조개껍데기, 진흙알갱이 같은 것들이었다. 우시메의 얼굴이 굳어지며 살갖이 팽팽히 당겼다.

"틀림없어. 귀신고래 떼야."

"아버지가 찾는 귀신고래도 저 속에 들어 있을까요?"

"글쎄다. 무리에서 좀 떨어져서 혼자 있겠지. 아무튼 소리도 잘 들어보고 눈으로도 잘 살펴보자꾸나. 그놈은 귀신고래 중에서도 아주 덩치가 큰 놈이니까 눈으로 봐도 구분할 수 있을 게다."

"그러면 아버지는 소리를 들으세요. 저는 눈으로 봐서 몸집이 큰 놈을 찾아볼게요."

울치는 두 눈을 부릅뜨고 고래들을 살펴나갔다. 코만 수면 밖으로 내어서 물을 뿜은 뒤 몸통 뒷부분부터 물속으로 들어가는 놈이 있었다. 물 위에 떠서 간간이 숨을 쉬면서 파도에 몸을 맡긴 채 가만히 있는 놈도 있었다.

"고래 중에서도 아주 영리하고 조심성이 많은 놈들이지. 저기 저 놈은 잠을 자고 있는 것이란다. 하지만 뭔가 이상한 느낌이 들면 곧바로 깨어나 물속으로 사라져버리지."

"우리 배에 가까이 다가오는 놈이 있어요!"

"호기심이 많은 놈이구나."

귀신고래 한 마리가 꼬리로 배를 툭 치고는 달아나버리는 것이었다.

"작살로 잡지 않고요?"

"우리가 노리는 놈이 아니잖느냐?"

"아버지가 예전에 잡으려다가 놓친 그놈만 꼭 잡아야 해요? 다른 귀신고래는 잡으면 안 되고요?"

"안 될 거야 없지만 진정한 사냥꾼은 꼭 잡아야겠다고 노리는 사냥감 말고는 한눈을 팔지 않는 법이다."

우시메는 노를 들어 가리켰다.

"울치야, 저길 좀 보거라."

큰 귀신고래가 조그만 귀신고래를 대가리 바로 뒷등에 태우고 있었다. 그것을 본 울치는 사람이 아기를 업고 다니는 것과 똑같이 느껴졌다.

"꼭 사람 같은 짓을 하네요?"

"그렇게 보이느냐? 갓 태어난 새끼고래가 숨을 쉽게 쉴 수 있도록 어미고래가 물 밖으로 밀어 올려주는 참이구나."

"아이 참. 아버지가 찾는 그놈은 왜 이다지도 보이지 않는담."

"마음을 조급하게 먹어서는 절대 사냥을 할 수 없어. 사냥을 할 때에는 언제 어떤 상황에 처하더라도 느긋하고 침착해야 한단다. 늘 예기치 않은 일이 닥치기 십상이지."

우시메는 다시 물속에 노를 담가 놓고 고래가 내는 소리를 듣기 시작했다. 울치는 힘이 풀리려는 두 눈을 비비고 나서 다시 부릅뜨며 바다를 바라보았다. 해는 벌써 중천으로 떠오르고 있었다.

우시메가 나지막이 소리쳤다.

"왔어!"

"예?"

"그놈이 왔단 말이야. 어서 저쪽으로 저어 가자."

노를 얼마 저어가지 않아 눈앞에서 바위섬만한 고래 한 마리가 숨구멍으로 물줄기를 높이 뿜어내었다.

"바로 그놈이야!"

귀신고래가 물속으로 사라지자 배가 크게 흔들렸다. 우시메는 노를 건져 올려놓고 밧줄을 묶은 작살을 손에 쥐었다. 그러고는 뱃머리에 내놓은 발판에 올라섰다. 바다를 주시하며 귀신고래가 다시 나타나기를 기다리는 것이었다.

머리칼을 흩날리며 요동치는 배의 이물 끝에 서 있는 우시메를 본 울치는 아버지야말로 산 너머 마을과 바닷가 마을을 통틀어서 가장 훌륭하고 용감한 사냥꾼이 틀림없다고 믿었다.

우시메가 돌아보며 외쳤다.

"왼쪽으로 저어!"

울치는 힘껏 저었다. 물속에서 귀신고래의 형체가 어른거렸다. 우시메는 돌작살을 높이 들었다가 번개처럼 내리찍었다. 맞혔나 하여 바다 속을 바라보고 있자니 작살이 물 위로 떠올랐다. 아쉽게도 첫 발은 빗나가고 말았다.

밧줄을 잡아 작살을 끌어올리려는 바로 그때, 뱃전으로 무언가가 강하게 부딪혀 오는 느낌이 전해졌다. 몸이 휘청하고 물 밖으로 퉁길 뻔 했다가 중심을 바로 잡은 우시메의 얼굴에 노기가 서렸다.

"이놈이 감히!"

귀신고래도 저를 노리고 있는 사냥꾼을 알아보았는지 멀리 달아나지 않고 배 주위를 천천히 맴돌고 있었다. 우시메는 조금만 더 가까이 다가오기를 기다렸다. 귀신고래가 잠수를 한 채 물속으로 다가와서 몸통으로 배를 치려고 수면 위로 떠오르는 순간, 우시메는 그때를 기다렸다는 듯이 재빨리 작살을 날렸다.

"파악!"

소리와 함께 작살 끝에 묶어 놓았던 밧줄이 빠른 속도로 딸려 나갔다.

"됐어, 명중이야!"

다 딸려 나간 넝쿨밧줄이 팽팽해지는가 싶더니 배가 스르르 방향을 틀었다. 그러고는 엄청난 속도로 바다 위를 질주하기 시작했다.

"울치야, 빨리 작살을 던져라!"

우시메는 두 손에 하나씩 쥔 작살을 배를 끌어가고 있는 귀신고래를 향해 연이어 던졌다. 울치도 따라 던졌지만 작살은 고래가 있는 곳까지는 미치지 못했다. 갑자기 배의 속력이 급격히 줄어들더니 바다 한 곳에서 맴돌기 시작했다. 우시메는 다급하게 소리쳤다.

"도끼로 얼른 밧줄을 끊어!"

당황하기도 했고 겁을 집어먹고 있기도 해서 울치는 도끼를 얼른 찾아 집어들 수 없었다.

"어서 끊어야 돼, 어서!"

울치도 마음이 급하기는 마찬가지였다. 허둥지둥 배 안을 아무리 둘러보아도 도끼가 눈에 띄지 않는 것이었다.

"도끼가 없으면 칼로 잘라!"

허리에 찬 돌칼도 재빨리 뽑지 못했다. 허리춤에 손을 대어 더듬는 사이에 귀신고래는 물속 깊이 들어가 버렸다. 그 바람에 이물에 묶어 놓았던 밧줄이 터지면서 배가 뒤집히고 말았다.

이물의 발판에 서 있던 우시메는 바다에 내동댕이쳐지듯 풍덩 빠졌고, 배 안에 있던 울치는 머리부터 거꾸로 바닷물에 처박혔다. 고래 몸통에 박혔던 돌작살이 언제 뽑혔는지 바다 위를 둥둥 떠다니고 있었다.

"이런!"

우시메는 안간힘을 써 가까스로 배를 뒤집어 놓고는 울치를 밀어 올려주었다.

"아버지도 어서 올라오셔요"

울치가 뱃전에 몸을 기대어 우시메의 손을 잡으려는 때에 어디선가 양재기 떼가 나타났다. 우시메는 그때서야 깨달았다. 물에 떨어질 때, 아무짝에도 쓸모없이 거추장스럽기만 한 다리를 또 다쳤다는 것을, 그래서 뒤틀려서 못 쓰는 그 다리에서 피가 흐르고 있다는 것을.

"아버지 어서요!"

우시메의 뇌리에는 이미 늦었다는 생각이 엄습했다. 배에 올라타려고 했다가는 사납기 짝이 없는 그놈들에게 무방비로 당할 것이 분명했다. 그렇게 되면 배가 다시 까뒤집혀 울치까지 참변을 당하고 말 것이었다. 선택할 길은 한 가지 뿐이었다.

우시메는 울치를 올려다보며 목젖이 젖어드는 목소리로 외쳤다.

"울치야, 어서 노를 저어 마을로 돌아가거라."

"아버지?"

"양재기 떼가 다가오고 있어. 어서 돌아가!"

"안 돼요 저 혼자는 안 돌아갈 거예요 어서 올라오세요!"

"어서 돌아가라니까!"

피 냄새를 맡은 양재기 한 놈이 우시메의 바로 등 뒤에서 돌진해 오고 있었다. 우시메는 아들에게 눈빛으로만 마지막 당부를 남겼다.

'울치야. 오늘 이 일로 네 스스로를 자책해서도 어느 누구를 원망해서도 안 된다. 부디 명심하거라.'

"아버지?"

"에익!"

우시메는 배를 힘껏 밀치고는 몸을 돌리면서 허리에 찬 돌칼을 빼 들었다. 울치는 더할 나위 없는 공포에 휩싸였다. 숨이 멎는 듯해 어떤 소리도 나오지 않았다.

"철퍽철퍽!"

별안간 물보라가 일더니 우시메와 양재기 한 마리가 서로 휘감아 돌며 엎치락뒤치락했다. 하지만 그것도 잠깐이었다. 우시메는 물속으로 끌려들어가듯 사라져 버렸다.

"아…아버지?"

"푸아!"

우시메가 한차례 물 밖으로 모습을 드러내었다. 하지만 숨 돌릴 겨를도 없이 뒤따라 온 양재기 떼 속에 뒤엉켜 방금 전보다 더 넓게 물보라를 일으켰다.

"철퍽, 철퍼덕! 철퍼덕, 철퍼덕……."

물빛이 점점이 붉게 물들었다. 그뿐이었다. 더 이상 우시메의 모습도 양재기 떼의 모습도 보이지 않았다.

'아!'

바다는 언제 그랬느냐는 듯이 적막할 만큼 잔잔해져갔다. 가녀린 통나무배 한 척만 물결이 출렁이는 대로 외롭게 떠다니고 있었다.

너무도 큰 충격을 받아 넋을 잃고 배 안에 앉아있던 울치는 저도 모르게 온몸으로 울먹였다. 아무리 기다려도 아버지는 다시 솟아오르지 않았다. 당장이라도 큰 울음이 터질 듯 했다.

힘없이 목을 뒤로 젖힌 울치는 바로 눈앞에서 돌연 흔적도 없이 사라진 크나큰 이름 석 자를 고래가 숨구멍으로 내뿜는 분수처럼 아련히 텅 빈 하늘로 길게 뽑아내었다.

"아ㅡ버ㅡ지!"

제6장 최후의 사투

전령꾼 진치는 정신없이 곡식밭을 밟아 지나고 짐승들을 가두어 놓은 울타리를 뛰어 넘었다. 그 바람에 놀란 어린 사슴이며 산양들이 놀라 우르르 한 곳으로 몰려갔다.

즘게터로 내달은 진치가 외쳤다.

"우시메가 죽었습니다!"

"우시메가 죽었어요!"

움집 안에 들어있던 마을 사람들이 하나둘 밖으로 나왔다.

"저 놈이 뭐라는 거야?"

"얼른 듣자니 우시메가 죽었다나 뭐라나."

"뭐? 우시메가 죽었다고?"

"우시메가 죽다니?"

큰어른 구루미와 암커사 늠네도 나왔다. 늠네가 진치를 나무랐다.

"이놈아, 호들갑 떨지 말고 자초지종 아뢰어 보거라."

"예, 암커사님. 어제 우시메가 아들 울치를 데리고 '바다의 귀신'을 잡으러 배를 타고 나갔다가 그만 양재기한테 잡아먹히고 말았고 울치만 간신히 살아 돌아왔다고 합니다."

"뭐라고? 그게 정말이냐?"

"그렇습니다."

놀라지 않는 사람이 없었다. 한때는 마을에서 제일가는 사냥꾼으로 존경을 받던 그였다. 한순간 무모한 고집을 부려 바다의 사냥꾼이 되었다가 한쪽 다리를 못 쓰는 불구가 되었고, 여러 사냥꾼들을 죽음으로 몰고 간 죄를 얻어 마을에서 내쳐져 점차 잊혀져가고 있던 사람이었다.

그의 죽음을 측은히 여기는 소리가 여기저기서 튀어나왔다.

"우시메와 그 아들, 단 둘이 바다에 나갔었다더냐?"

"예, 그랬었다고 합니다."

"뛰어난 사냥꾼 열두 사람이 배를 타고 나갔어도 속절없이 당하고만 말았는데 어찌 또다시 그런 어리석은 짓을 벌였단 말인가. 쯧쯧."

암커사 늠네가 혀를 차는 큰어른 구루미에게 말했다.

"울치를 불러다가 자세히 들어보는 게 좋겠습니다."

"당장 울치를 데려오너라."

전령꾼 진치는 왔던 길을 되돌아 내리달렸다. 산 너머 마을 사람들이 제각각 한 마디씩 하기 시작했다. 골메가 가장 먼저 입을 열었다.

"그렇게도 미련을 버리지 못하더라니. 쯧쯧, 안타까운 사람 같으니라고."

길목잡이 사냥꾼 살소도 골메의 말을 거들고 나섰다.

"땅에서 살아야 하는 사람이 가당찮게도 바다에 나가야 하느니 어쩌니 할 때부터 제정신이 아니었어."

다른 사람들도 두 사람의 말에 고개를 끄덕였다.

"호랑이까지 잡고 나더니 간덩이가 부었던 게지."

"그러게 말이야. 욕심이 지나쳤어."

"너무 허황된 꿈을 꾸었던 게야."

굴화가 걱정스러운 낯이 되어 골메에게 물었다.

"그러면 이제 울치는 어떻게 되는 거예요?"

"아직도 그놈 생각을 하고 있느냐? 모르긴 해도 큰 벌을 면치 못할 게다."

불려온 울치가 큰어른 구루미 앞으로 나아갔다. 구루미는 차근차근 물었다. 울치는 감출 게 없다 싶어 처음부터 끝까지 사실대로 얘기해 주었다. 그러고는 덧붙였다.

"그러니 제가 아버지를 죽게 한 것이나 다름없습니다. 그때 도끼로 밧줄만 끊었어도 그런 일은 일어나지 않았을 것입니다."

큰어른 구루미는 마을 사람들을 둘러보았다.

"이 아이를 어찌하면 좋겠는가?"

먼저 나서기를 망설이던 사람들이 다른 어떤 한 사람이 입을 열자 앞다투어 한 마디씩 뱉어내었다.

"우리 마을에든 바닷가 마을에든 다시는 얼씬도 못하도록 멀리 내쫓아야 합니다."

"제 아버지를 따라 바다에 빠뜨려 사나운 물고기 밥이 되게 해야 합니다."

"옳습니다. 그래야만 앞으로 제멋대로 행동하는 사람이 없을 것입니다."

구루미는 늠네에게 물었다.

"암커사 생각은 어떠오?"

"글쎄요"

울치가 용기를 내어 고개를 들고 말했다.

"큰어른님, 제게 한 번만 더 기회를 주십시오"

"뭐라고? 예전엔 여러 사람이 죽거나 불구가 되었고, 이번엔 네 아비까지 죽었는데 기회를 더 달라? 네가 지금 정신이 없는 게냐, 철이 없는 게냐?"

"제발 간청입니다. 다음에 그놈이 바다에 나타날 때에는 제가 기필코 잡겠습니다."

늠네가 물었다.

"연약하기 짝이 없는 몸으로 어떤 방법을 써서 잡겠다는 말이냐?"

"힘으로 대적하려 든다면 영원히 잡지 못할 놈입니다. 하지만 머리를 잘 쓰면 방법이 없는 것도 아닙니다. 이번에 그놈의 행태와 습성을 다 알았으니 다음에는 반드시 잡을 수 있습니다."

"그때도 잡지 못한다면?"

"바다에서 돌아오지 않겠습니다."

"뭐라? 네 아비처럼 바다를 무덤으로 삼겠다는 말이냐?"

"그렇습니다. 이 작은 목숨을 내던져서라도 그놈을 잡아오겠습니다."

당돌하리만치 당차게 들리는 울치의 말에 사람들이 웅성거렸다. 울치가 결연한 태도를 보이자 큰어른 구루미도 큰 벌을 내리는 것이 왠지 내키지 않았다.

'저런 기상을 가진 아이가 장차 어른이 되면 얼마나 용맹스러운 사냥꾼이 될꼬.'

암커사 늠네가 구루미의 눈치를 알아채고는 슬그머니 울치를 편들고 나섰다.

"큰어른님, 어린 나이에 죽음도 무릅쓰겠다고 저렇게 애원을 하니 한 번만 더 기회를 주는 것도 괜찮을 것 같습니다."

"으음."

구루미가 짧게 탄식을 하면서 고민에 빠져 있는 동안 마을 사람들이 또 수군거렸다.

"창 자루도 제대로 잡지 못할 것 같은 저런 어린놈이 무얼 할 수 있다고."

"고작 바닷가 얕은 물에서 물장구나 칠 나이가 아닌가?"

"큰어른님이 저 놈 말에 속아 넘어가서는 안 될 텐데."

굼다개와 그 또래 아이들도 어이가 없다는 듯이 피식 웃었다.

"저 녀석이 그때 우리한테 당한 뒤로 머리가 어떻게 된 거 아냐?"

"벌 받기 무서우니까 배를 타고 멀리 도망갈 속셈일 거야."

"죽어가는 제 아비를 내버려두고 혼자만 살아 돌아오다니 비겁하기 짝이 없는 녀석!"

"저런 형편없는 녀석한테는 아주 큰 벌을 내려야 해."

늪네가 그 소리를 듣고 엄한 눈길을 주어 더는 입을 열지 못하게 했다. 곰곰이 생각하던 구루미는 마침내 결정을 내렸다.

"울치는 듣거라. 만약에 다음에도 '바다의 귀신'을 잡아오지 못한다면 너에게 죽음을 내리는 것은 물론, 아예 바닷가 마을까지 없애버릴 테니 그리 알거라."

"예, 큰어른님."

"그만 돌아가거라."

울치가 큰어른 구루미에게 불려갔다가 마을의 존폐가 걸린 판결을 얻어냈다는 소식을 들은 바닷가 마을 사람들은 돌래와 울치, 두 모자를 볼 때마다 하나같이 싸늘한 눈으로 바라보며 입에서 나오는 대로 쏘아대었다.

"죽은 우시메도 모자라 이제는 그 아들놈까지 우리를 못살게 굴어?"

"오래 전에 우시메의 말만 믿고 당한 일이 아직도 억울하기만 한데, 이제는 마을까지 송두리째 없애먹을 작정을 해?"

"이 연놈들아, 차라리 마을을 떠나 아주 멀리 도망이나 가거라."

마을 사람들에게 손가락질을 당하고 욕을 얻어먹을 때마다 울치는 어머니를 볼 낯이 없었다.

"다 저 때문이에요. 죄송해요."

"아니다. 절대 아니다. 나는 사람들한테서 어떤 욕을 먹어도 괜찮으니, 울치 너의 신념대로 당당하게 밀고 나가거라."

"아버지의 무덤도 만들어 드리지 못해서 어쩌죠?"

"네 아버지는 이 세상에서 가장 넓은 곳을 무덤으로 삼고 계시지 않니? 저 바다 말이다."

"그렇게 말씀해 주셔서 고마워요. 두고 보세요, 어머니. 아버지의 죽음이 헛되지 않도록 이 울치가 반드시 귀신고래를 사냥하고 말겠어요."

"암 그래야지. 우리 울치가 아니면 어느 누가 그 장한 일을 해내겠니?"

어느새 겨울이 가까워졌다. 산 너머 마을에서는 유난히 사냥을 못한 해였다. 가을철 사냥 대회 때에도 토끼 몇 마리와 족제비 몇 마리를 잡은 것이 다였다. 우리에 가둬 놓은 짐승들도 새끼를 낳기는커녕 까닭 없이 죽어버리기 일쑤였고, 한 해 내내 비가 많이 내리지 않은 탓에 산벼도 쭉정이만 매달려 거둬들일 것이 얼마 되지 않았다.

"우시메의 저주가 내린 거야."

"아니야, 큰어른님이 울치를 용서하고 한 번 더 기회를 주는 바람에 가비님께 노여움을 샀기 때문이야."

구루미가 암커사 늪네에게 점을 쳐 보도록 했다. 점을 치고 난 늪네가 말했다.

"올해만 잘 견뎌 넘기면 내년에는 식량이 풍성해질 것이라는 점괘가 나왔습니다."

"알 수 없는 점괘로군. 하늘에서 식량이 쏟아져 내리기라도 한다는 말인가."

바닷가 마을 사람들 사이에는 바다에 잘못 나가면 우시메의 혼령이 안개처럼 나타나 물속으로 데려갈 것이라는 소문이 돌았다. 그 때문에 모두 바다에 나가기를 꺼려해 그들도 먹을거리가 모자라 골머리를 앓고 있었다.

극심한 굶주림이 두 마을에 다 덮쳐왔음에도 식량 걱정 따위는 안중에도 없는 사람이 있었다.

'어떻게 해야 하나.'

지난날 아버지가 그랬던 것처럼 울치는 홀로 바닷가 갯바위에 올라 앉아 먼 바다에 눈을 두고 있었다. 울치의 머릿속에는 오직 한 생각뿐이었다. 하지만 아무리 머리를 굴려보아도 혼자서 귀신고래를 사냥한다는 것은 불가능하게 여겨지기만 했다. 울치는 나지막하지만 간절한 목소리로 빌었다.

"아버지, 제발 저에게 지혜를 주세요."

울치는 그 날의 일을 차분하게 돌이켜보았다. 언제 어떤 상황에서도 침착해야 한다는 가르침을 잊고, 무작정 귀신고래를 잡겠다는 의욕만 앞서 한껏 들떠 있었던 것이 가장 큰 잘못이었다.

아버지는 한쪽 다리를 제대로 쓰지 못한데다가 배가 심하게 흔들려 급소를 단 한 발에 제대로 찍지 못했던 것이 고래를 더욱 사납게 날뛰게 한 원인이었다.

흔들리는 배 위에서 뛰어내리면서 작살을 찍는 연습을 했었어야 했다. 아무런 요동이 없는 갯바위 위에서의 연습은 그다지 큰 효과가 없다고 여겼다. 더구나 작살을 멀리 던져서 고래의 급소를 정확히 맞히는 연습도 필요했다.

돌작살 자체에도 문제가 있었다. 고래에 내리꽂았을 때 날이 쉽게 빠지지 않도록 만들어야 한다는 생각이 들었다. 그리고 밧줄은 작살에 묶을 것이 아니라, 작살을 던지는 사람의 몸에 묶어야 한다고 여겼다. 그래야만 고래에게 뛰어내리면서 작살을 내리꽂은 다음 재빨리 배로 돌아올 수 있을 것 같았다. 또 밧줄에 묶지 않고 던진 작살이 빗나가 잃어버릴 경우를 대비해 작살을 여러 대 갖추어야 한다는 데까지 사려가 미쳤다.

'아무리 그렇게 준비를 한다고 하더라도……'

그랬다. 혼자서는 어림도 없는 일이었다. 노를 저을 사람도 필요하고 배 안에서 작살을 집어 건네줄 사람도 있어야 했다. 또 바다로 뛰어내린 뒤에 배로 돌아올 때 밧줄을 당겨 재빨리 끌어올려줄 사람도 없어서는 안 될 일이었다.

완벽한 준비를 하지 않고 무턱대고 바다에 나간다면 또다시 실패할 것이 뻔했다. 하지만 울치와 함께 귀신고래를 잡겠다고 나서줄 사람이 있을 리 만무했다. 그런 까닭으로 울치의 고민은 깊어만 갔다.

"울치야!"

뒤돌아보았다. 한 마을에 사는 친구들이었다. 술마가 물었다.

"혼자 여기서 뭐하고 있어?"

"바다 구경하고 있었어."

"엄청나게 크다는 '바다의 귀신'을 잡을 궁리를 하고 있었던 건 아니고?"

술마의 물음에 진치가 말했다.

"그게 그거겠지, 뭐."

울치가 물었다.

"그런데 너희들이 웬일이야?"

두 아이가 쭈뼛거리자 말미가 대답했다.

"그게 그러니까……."

"그러니까 뭐?"

"우리도 그 '바다의 귀신'을 잡는데 도움이 될까 해서 말이야."

"뭐라고? '바다의 귀신'?"

"그래 '바다의 귀신'."

"'바다의 귀신'이 아니고 귀신고래야."

"귀신고래?"

"우리 아버지는 그렇게 불렀어. 한데 너희들, 내가 귀신고래를 잡는 걸 도와주겠다는 이유가 뭐야?"

술마와 진치가 차례로 말문을 열었다.

"우리 아버지는 오래 전에 첫 고래 사냥 때 돌아가셨고, 진치의 아버지는 그때부터 반신불수가 되어 누워 있기만 하고 일어나지 못하고 계시잖아."

"그래서 우리도 복수를 하려고 해."

말미가 물었다.

"'바다의 귀신' 아니, 귀신고래를 잡으면 정말 겨울을 날 먹을 거리 걱정은 안 해도 돼?"

"그래. 잡기만 하면 두 마을 사람들이 한 겨우내 실컷 먹고도 남아."

"그 말, 거짓말 아니지?"

"아니야."

"약속하는 거지?"

"약속해."

세 친구는 서로 얼굴을 바라보며 예상한 대답을 들었다는 듯이 말했다.

"그러면 우리 넷이서 귀신고래를 잡으러 가자."

"정말?"

"그럼. 그 말 하려고 너를 찾아온 거야."

"나중에 딴말하지 않을 거지?"

"딴말할 거면 찾아오지도 않았어."

울치는 자리에서 일어섰다. 새로운 용기가 불끈 솟아났다.

"좋아!"

말미가 물었다.

"그런데 귀신고래는 어떻게 생겼어?"

133

"보여줄 게 있으니까 따라 와."

갯바위에서 훌쩍 뛰어내린 울치는 아이들을 데리고 바닷가 기슭으로 가서 진흙고래를 보여주었다. 비록 군데군데 씻겨 나갔지만 아이들은 놀람은 이만저만 아니었다.

"이…이게 귀신고래라고?"

"무슨 물고기가 이렇게 커?"

"이야, '바다의 귀신'이라는 소리를 들을 만했네."

"이런 큰 물고기를 어떻게 잡지?"

"계획만 잘 세우면 돼."

"어떤 계획?"

"사람은 우리 넷으로 충분하니까 각자 역할을 가져야 해. 맡을 몫을 분명히 나누어 정하지 않는다면 열 사람 스무 사람이 나선다고 해도 소용없어."

"예전에 우리 아버지들처럼?"

"그랬을 거야. 그땐 열두 사람이나 되었는데도 각각의 임무를 제대로 나누지 않아서 다급한 순간에 뭘 해야 할지 몰라 서로 우왕좌왕하다가 당했을 거야. 날뛰는 고래를 처음 사냥하려고 했을 테니 더더욱 그랬을 거란 말이야."

"그러면 우리에게 역할을 줘."

"알았어. 나는 작살잡이를 맡을게. 진치와 말미는 노꾼을 맡아. 내 지시에 따라서 노를 젓는 일이야. 그리고 술마는 조수가 되어 줘."

"조수는 뭘 해야 해?"

"작살잡이인 내가 달라는 대로 여러 가지 도구를 재빨리 찾아서 건네주어야 해. 또 내가 작살을 던진 뒤, 바다에 떨어졌을 때에는 얼른 끌어올려주기도 해야 돼."

"그만한 역할이라면 못할 것도 없지."

"아무리 쉬운 일이라 여겨져도 절대로 자만해서는 안 돼."

"그런가? 미안해."

"미안해 할 것까지는 없고 자, 이제부터 귀신고래를 잡을 무기랑 도구를 만들기로 하자."

"좋아. 당장 시작하자고."

살아생전 우시메가 울치에게 그랬던 것처럼, 울치도 친구들에게 고래 사냥에 쓸 도구를 만드는 시범을 보였다. 재료를 들고 앉은 아이들은 진흙고래 곁에 둘러앉아 저마다 손을 놀리기 시작했다.

노와 긴 막대기와 대롱과 돌도끼와 돌칼과 칡넝쿨밧줄과 갈고리와 돌작살을 차례로 만들어 나갔다.

"그것 참."

"울치야, 왜 그래?"

"아무리 생각해 보아도 돌덩이 갖고는 날이 쉽게 안 빠지는 작살을 만들기 어렵네."

어떤 돌이건 끝 날과 옆 날을 똑같이 날카롭게 하기 힘들었고, 어렵사리 만들어 진흙고래에 던져 시험해 볼 때면 번번이 제대로 박히지도 않았고 얇은 끝 날이 부러져 버리곤 하는 것이었다.

"산 너머 마을에 가서 짐승의 뼈를 좀 얻어올까?"

"그게 좋겠다. 짐승의 뼈라면 좀 낫지 않겠어?"

"짐승의 뼈라고 해봐야 전부 작고 너무 가벼워서 던지는 작살 날로 쓰기에 알맞지 않을 것 같아. 작살의 날은 좀 무거워야 하거든. 날로 쓸 만큼 무거운 뼈가 있다면 또 몰라도"

울치의 눈길이 문득 진흙고래에 머물렀다.

"옳지. 바로 그거야!"

울치는 아이들과 함께 진흙을 걷어내기 시작했다. 아이들은 영문을 몰라 했지만 울치가 하자는 대로 따라했다. 한참 뒤에 커다란 고래의 뼈가 드러나기 시작했다.

"진흙 아래에 진짜 고래 뼈가 있었다니!"

"그러게 말이야. 나도 가짜 고래인 줄로만 알았는데."

부위별로 고래 뼈를 면밀히 살펴본 울치가 말했다.

"저 갈비뼈로 작살을 만들어 보자."

"역시 바다의 사냥꾼 울치다운 생각이야. 하하."

"바다의 사냥꾼이라는 말보다는 고래소년이라는 말이 더 잘 어울리겠는데?"

"고래소년 울치?"

"하하. 아주 멋진 이름이다."

"장난 그만해."

고래의 갈비뼈는 워낙 넓적하고 커서 중심이 되는 날을 내고도 날 윗부분에 양쪽으로 갈고리꼴로 휘어진 곁날을 내기에 충분했다. 시험 삼아 날을 하나 만든 울치는 자루에 끼워 묶었다.

그러고는 고래 몸에서 파내어 모아둔 진흙더미에 던져 보았다. 돌작살보다 조금 가볍기는 했지만 날카롭기는 비교도 안 될 만큼 깊이 박히는 것이었다. 또 빼낼 때 곁날이 흙덩이에 걸려 바로 쑥 빠지지도 않았다.

"이제 됐어. 이런 걸 열 개는 더 만들어야 돼."

진치가 웃었다.

"죽은 고래의 뼈로 산 고래를 잡는 셈이 되겠네."

침착한 술마가 말했다.

"돌작살도 전혀 쓸모가 없지는 않을 테니 몇 개 만들어두는 게 좋겠어."

고안해 두었던 작살을 다 만들고 난 울치가 자리에서 일어섰다.

"자 이제 사냥할 도구도 다 장만했으니 내일부터는 배를 타고 바다에 나가 실제로 귀신고래를 잡는 것처럼 훈련을 하자. 다들 각오해야 할 거야. 너희들이 바다를 땅처럼 여길 만큼 아주 익숙하게 적응하려면 앞으로 오랫동안 고생을 해야 할 테니까."

"알았어."

"휘이이이잉!"

밑동이 몇 아름드리나 되는 은행나무가 하늬바람에 온 가지를 떨며 노란 은행잎을 허공으로 무수히 흩날렸다. 큰어른 구루미와 암커사 늠네가 그 즘게 아래에 놓인 평상에 마주앉아 이런저런 이야기를 나누고 있었다.

제 나이보다 웃자란 처녀라고 해도 모자랄 것이 없어 보이는 굴화가 나무소반을 들고 와 두 사람 곁에 나부시 앉았다. 불에 구워 껍질이 터져 있는 은행을 하나씩 까서 그릇에 놓았다. 구루미와 암커사는 간간이 은행알을 손으로 집어 입에 넣으면서 대화를 이어갔다.

"우시메의 아들이라고 했던 그 아이 이름이……."

"울치 말이군요."

"참, 울치. 그래 그 아이는 요사이 어떻게 지내고 있는지 아오?"

"그 '바다의 귀신'을 찾아서 매일같이 바다에 배를 띄우고 있는가 봅니다."

돌칼을 쥔 채 은행알을 까고 있던 굴화의 손놀림이 느려졌다. 구루미가 시름에 찬 목소리로 늠네에게 물었다.

"약속한 날이 얼마 남지 않았는데 어쩌면 좋겠소?"

"그러잖아도 그 일로 큰어른님을 뵙고 의논을 드릴까 하고 있었습니다. 우시메가 죽었을 때 그 아이에게 왜 그런 결정을 내리셨습니까?"

"마을 사람들이 다 벌을 주라고 했지만 왠지 모르게 아까운 아이라는 생각이 들었소. 그래서 한 번 더 기회를 달라고 했을 때 당장 벌을 내리는 것보다 그 아이를 좀 지켜보는 게 낫지 않을까 하는 생각을 했었소."

"그건 잘하신 일인 것 같습니다."

"한데, 그 아이가 과연 사나흘 안으로 '바다의 귀신'을 잡을 수 있겠소?"

"아직 시일이 좀 남았으니 그리 절망하실 일만은 아닐 듯합니다."

"그렇다면 기대를 해볼만하다는 말이오?"

"가비님이 부디 그 아이를 버리지 않기를 날마다 빌 뿐이지요."

"으음. 내 그 아이의 일이 몹시 궁금하니 오늘이라도 암커사가 몸소 가서 동정을 좀 살피고 와주오."

"그리하겠습니다."

또다시 바람이 한줄기 지나갔다. 온 사방으로 은행잎이 날렸다. 늠네는 바닷가 마을 쪽 하늘에 눈길을 두었다. 새털구름이 거센 물결치듯이 가득 흐르고 있었다. 늠네는 큰어른 구루미를 안심시킨 말과는 다른 생각을 품고 있었다.

'제발 기적이 일어나 주었으면 좋으련만.'

마을을 나서는데 뒤에서 부르는 소리가 들렸다.

"저어, 암커사님."

늠네는 돌아보았다.

"굴화로구나. 네가 어인 일이냐?"

"바닷가 마을에 가시는 길이시라면 이걸 울치에게 좀……."

"그게 뭐냐?"

"말린 사슴고기예요."

"귀한 음식이구나. 너 먹지 않고?"

"입에 맞지 않아서요. 울치에게 제가 잊지 않고 있다고만 좀 전해주세요."

"알았다. 꼭 그렇게 전해주마."

돌래는 움집 밖에서 인기척이 나는 것 같아 거적을 열어젖히고 내다보았다.

"아니?"

놀랍게도 온 마을에서 서열이 두 번째로 높은 암커사 늠네가 서 있었다. 돌래는 퉁겨지듯이 밖으로 달려 나가 허리를 굽혔다.

"울치를 좀 보러 왔느니라."

"예에, 어서 안으로 드십시오."

움집 안에 앉아 있던 울치는 들어서는 늠네를 보고 일어나 공손히 인사를 했다. 늠네는 울치를 화덕 앞에 앉혀 두고 물었다.

"요사이 바다에 나가는 일은 어떠냐?"

"……"

"때가 아직 안 되었느냐?"

"그놈이 돌아올 때가 되었는데 아직 눈에 띄지는 않고 있습니다."

늠네는 가죽보자기로 싼 것을 내놓았다.

"풀어보거라."

보자기 안에는 울치가 생전에 한 번도 보지 못한 재질로 만들어진 칼이 한 자루 놓여 있었다. 귀하디귀한 청동단검이었다.

"돌칼이나 뼈칼에 견주지도 못할 만큼 굳세고 날카로운 쇠칼이다."

"쇠칼이라뇨?"

"내가 네 나이 무렵에 이 세상 땅 끝이 어디인지 알아보려고 길을 나섰다가 아득히 먼 마을에서 얻어온 것이다. 언젠가 사냥잔치 때 이 칼로 멧돼지 어금니를 뽑는 것을 못 보았느냐?"

"보았습니다."

"우리 마을을 통틀어 단 한 자루밖에 없는 것이니, 그리 알고 '바다의 귀신'을 잡는데 요긴하게 쓰거라."

"고맙습니다, 암커사님. 제 목숨과 맞바꾸어서라도 꼭 그놈을 잡아 바치겠습니다."

늠네는 큰 나뭇잎에 싸서 곱게 묶어 놓은 것도 내놓았다.

"굴화가 네게 갖다 주라고 하더구나. 사내가 큰일을 한답시고 친구를 너무 매정하게 대하면 못쓰느니라. 알겠느냐?"

"예, 암커사님."

밤새 머물렀던 어둠이 차츰 먼 서녘으로 밀려가고 동이 터 오고 있었다. 울치는 스스로 눈을 떴다. 어머니의 잠자리가 비어 있었다. 배를 타고 바다에 나갈 채비를 했다. 맨 마지막으로 청동단도를 옆구리에 찼다.

"이런 칼도 다 있었다니."

움집 안으로 돌래가 들어섰다.

"일어났니?"

"예, 어머니."

돌래는 차릴 것은 없어도 정성껏 아들의 아침 식사를 마련했다. 마을 사람들이 우시메의 혼령이 나타난다느니 하며 바닷가에 나가길 꺼려하고 있었어도 돌래는 아랑곳하지 않고 굴을 따다 날랐다. 손이 시려 마디마디 다 터지는 한이 있더라도 험한 바다로 나가는 아들을 단 하루라도 굶겨서 보낼 수는 없었다.

"다녀오겠습니다."

"몸조심해야 한다. 알겠니?"

"예. 걱정 마세요."

돌래는 목걸이를 벗어 울치에게 걸어주었다.

"예전에 네 아버지가 내게 주었던 호랑이 이빨 목걸이다. 너에게도 행운이 따를게다."

울치는 움집을 나왔다. 아이들이 걸어오고 있었다. 손을 들어 인사를 나눈 소년 사냥꾼들은 붉은 아침 햇살을 온몸으로 안고서 나란히 걸었다. 처음 귀신고래를 잡고자 의기투합할 무렵의 들뜬 표정은 온데간데없고 어른스러움이 물씬 풍기는 얼굴들이었다.

울치는 지난 한 해 꼬박 친구들과 훈련을 했던 일이 뇌리에 스쳤다. 하루도 빼놓지 않고 통나무배 위에서 바다로 뛰어내리면서 작살 던지는 연습을 했던 일, 수영 연습을 할 때 기진맥진해 물에 빠져 죽을 뻔했던 진치의 모습, 진치는 그 뒤에 해파리에게 쏘여 발이 퉁퉁 부었던 적도 있었다.

울치에게 돌도끼를 집어준다는 것이 덤벙대다가 그만 갈고리를 집어주어서 창피를 당했던 술마의 모습도 떠올랐다. 술마는 조갯살에서 발견한 구슬을 아주머니에게 갖다 주러 갔다가 그만 붙잡혀서 하루 꼬박 훈련을 못하다가 집에서 도망쳐 나오기까지 한 일이 있었다.

밤이고 낮이고 진흙고래 곁에서 함께 모여 지내던 때, 자다가 벌떡 일어나 노 젓는 시늉을 했던 말미의 모습, 두 팔 힘을 기른답시고 나무에 매달렸다가 떨어져 밤송이에 엉덩방아를 찧기도 한 말미였다.

지난 추억을 더듬던 울치는 저도 모르게 웃음이 났다. 머릿속 기억 주머니에는 어느새 많은 얘깃거리가 쌓여 있었다.

바닷가 기슭에 이른 울치는 배를 띄우기 전에 아이들에게 말린 사슴고기를 골고루 나누어 주었다.

"다들 아침도 제대로 못 먹었을 텐데 이거 먹고 힘을 내자."

"어디서 난 거야?"

"어제 암커사님이 와서 주고 가셨어."

아이들은 받아들자마자 우적우적 뜯어 씹었다.

"울치 너 허리에 찬 게 뭐야? 돌칼이 아닌 것 같은데?"

"이거? 뭐 별거 아냐."

"안 하던 목걸이도 하고 있고?"

"목걸이는 어머니가 주신 거야."

술마가 바다를 바라보며 말했다.

"오늘은 꼭 그놈을 발견해야 할 텐데."

"잘 살펴봐야지. 자, 다 먹었으면 배를 띄우자."

아이들은 바다 쪽으로 배를 밀고 내려갔다. 밑바닥이 땅에서 떨어져 둥실 물 위로 뜨자 차례로 배에 올랐다. 울치는 고래 뼈로 곁날을 낸 작살을 집어 들고 뱃머리 발판에 올라서서 소리쳤다.

"노를 저어라!"

진치와 말미가 노를 저어 나가기 시작했다. 멀지 않은 곳에서 수많은 고래들이 뒤섞여 노는 풍경이 눈에 들어왔다.

물 밖으로 고개를 쳐들고는 입을 벌려 입속에 남은 먹이를 삼키는 놈, 바쁠 것 없다는 듯이 천천히 헤엄을 치며 노는 놈, 물 밖으로 높이뛰기를 하는 놈, 일부러 꼬리로 바다를 쳐 물결을 출렁이게 하는 놈······.

아이들이 고래 떼에서 눈을 떼지 못하자 울치가 말했다.

"아주 먼 바다로 나갈 필요는 없어. 이쯤에서 기다리자."

진치와 말미가 노를 거두어들였다. 울치는 뱃머리에서 내려와 뱃전에 앉았다. 그러고는 지난날 우시메가 했던 것처럼 긴 막대기를 물속에 담그고 그 끝에 대롱을 대어 고래소리를 듣기 시작했다.

"그럭, 빽······둑둑둑둑, 뚝······."

"들려?"

"쉿! 조용히 해. 말을 하면 울치가 못 듣잖아."

"참, 그렇지."

"스그륵스그륵······똥똥똥똥······."

울치는 오랫동안 대롱에만 귀를 기울이고 있었다. 아이들은 침을 꼴깍 삼키며 참을성 있게 기다렸다.

"스그륵, 쿠웅쿠웅. 스그륵, 쿠웅……."

울치가 얼른 귀를 뗐다.

"저 쪽이야. 빨리 노를 저어!"

진치와 말미는 울치가 가리키는 쪽으로 서둘러 노를 저어갔다. 갑자기 뱃전 왼쪽에서 무언가 솟아오르더니 물줄기를 허공으로 뿜어냈다.

"쉬이익!"

"고래다!"

분수가 배 위로 소나기처럼 쏟아져 내렸다. 울치는 내리는 물줄기 속에서 실눈을 뜨고 고래를 바라보았다. 그 순간, 슬쩍 눈이 마주쳤다. 섬뜩한 느낌이 들었다. 거대한 몸집에다가 이마와 등이 유난히 돌출되어 있는 귀신고래였다.

'바로 그놈인가?'

확신할 수 없었다. 고래는 물속으로 유유히 사라져버렸다. 그러고는 얼마 떨어지지 않은 곳에서 또다시 수면 위로 대가리를 드러냈다가 또 모습을 감추어버렸다. 울치는 작살을 쥐고 뱃머리에 올라 침착하게 때를 기다렸다.

드디어 기회가 왔다. 배에 탄 사람들이 아무런 행동도 보이지 않자 고래가 제 스스로 가까이 다가온 것이었다. 작살을 던져도 될 만한 거리까지 좁혀지기를 기다려 울치는 훌쩍 허공으로 뛰어오르며 아래를 내려다보았다. 고래의 숨구멍이 보였다. 몸을 뒤로 젖혔다 굽히며 있는 힘을 다해 작살을 내리꽂았다.

"퍄악!"

"삐익삐이익, 삐삐!"

"풍덩!"

물에 빠진 울치는 고래가 우는 소리를 듣고 작살이 명중했음을 느꼈다.

"울치야!"

술마가 얼른 밧줄을 당겨 배 위로 끌어올려주었다. 울치는 다시 작살을 쥐고 이물의 발판으로 올라가 숨을 몰아쉬며 고래를 바라보았다. 그런데 이상했다. 분명히 작살을 숨구멍에 꽂았는데 물속 거대한 검은 그림자는 아무 일 없다는 듯이 통나무배 주위를 맴돌고 있는 것이었다.

잠시 후, 무언가 떠올랐다. 등이 뒤집힌 작은 고래였다. 울치는 그제야 깨달았다. 귀신고래의 새끼를 죽이고 말았다는 것을. 어미 고래가 숨을 쉬게 하기 위해 등에 태운 채 수면 밖으로 밀어올리고 있던 새끼고래의 숨구멍을 미처 알아보지 못한 것이었다.

새끼가 작살에 맞아 죽은 것을 안 어이 귀신고래는 점점 난폭해졌다. 헤엄치는 속도가 빨라지는가 싶더니 물 밖으로 대가리를 내밀고 빽빽액 소리를 내는 횟수가 잦아지는 것이었다. 그러더니 깊이 잠수를 한 뒤에 배의 오른쪽에서 솟구쳤다.

"최아아!"

거대한 몸집을 가진 귀신고래가 대가리를 하늘로 향한 채 꼬리만 남기고 높이 차올랐다. 울치는 귀신고래의 왼쪽 눈이 멀어있다는 것을 놓치지 않았다.

"역시 저 놈이었어!"

가슴지느러미는 목 바로 뒤에 짧고도 날카롭게 나 있었고, 목에서 꼬리 쪽으로 나 있는 목주름은 일고여덟 줄에 이르는 듯했다. 높이뛰기를 하고 난 놈은 그대로 떨어져 사방으로 많은 물을 튀기며 바다 속으로 사라져버렸다.

"술마야, 막대기!"

울치는 재빨리 긴 막대기를 물속에 넣어 고래가 내는 소리를 들었다.

"끅끅끅끅……."

새끼를 잃고 신음하는 소리가 분명했다. 울치는 문득 그놈이 곧 배를 공격해 올지도 모른다는 생각이 들었다.

"다들 조심해! 그놈이 우리 배를 몸통이나 꼬리로 칠지도 몰라."

"히힛, 그렇다면 헤엄칠 준비를 해야겠군."

"고래랑 시합하면 되겠다."

"농담할 때가 아니야!"

울치의 말에 진치와 말미의 입이 쑥 들어갔다. 울치는 몸에 밧줄을 단단히 고쳐 묶고 손에는 작살을 쥔 채 뱃머리 발판에 다시 올라섰다. 배가 물결에 흔들리는 것과 같이 울치의 몸도 따라 흔들렸다. 울치는 귀신고래가 숨을 쉬러 물 밖으로 나오기를 끈질기게 기다렸다. 좁은 발판에 서서 끄덕끄덕 하면서도 물속에 떨어지지 않는 것이 용하기만 했다.

이윽고 고래의 검은 등이 솟아올랐다. 울치는 그 찰나를 놓치지 않고 작살을 던졌다. 어딘가에 박히는 것이 보였다.

"작살!"

술마가 얼른 건네주자 울치는 또다시 견주어 날렸다. 이번에는 오른쪽 눈두덩이였다.

"하나 더!"

"배를 왼쪽으로 몰아!"

왼쪽 뱃전에 앉아 노를 젓고 있던 진치는 노 젓기를 잠시 멈추었고, 오른쪽에 있던 말미가 물을 긁듯이 저어댔다. 울치는 작살을 던지려다 말고 배의 고물 쪽으로 갔다.

"다들 비켜!"

그러고는 고물에서 이물 쪽으로 내달리다가 뱃머리 발판을 밟고 높이 솟구쳐 올랐다. 몸이 공중에서 거의 수평이 되려는 순간, 귀신고래의 숨구멍을 노리고는 등 위로 떨어져 내리면서 젖 먹던 힘을 다해 두 손으로 작살을 내리꽂았다.

"꽉!"

앞서 던진 그 어느 작살보다 깊이 박혀 들어갔다. 울치는 꽂힌 작살을 두 손으로 쥔 채 그대로 고래의 등에 타고 있었다. 급소에 큰 타격을 입은 귀신고래는 바닷물을 크게 출렁이며 요동치기 시작했다. 울치가 소리쳤다.

"빨리 내 몸에 묶은 밧줄을 잘라줘!"

술마는 돌도끼를 들고 망설임 없이 이물에 묶어 놓은 밧줄을 찍었다.

"콰악!"

팽팽하던 밧줄로부터 몸이 퉁겨지자 울치는 휘청했다. 작살을 잡은 한 손을 놓으며 고래 등에서 미끄러졌다. 하지만 채 떨어지기 전에 고래수염을 움켜잡았다. 그러고는 몸통에 붙어있는 따개비늘을 발판으로 삼아 힘겹게 고래 등으로 기어올랐다.

"이놈!"

울치는 수염을 잡은 한 손을 놓고 허리에서 청동단검을 꺼내 들었다. 그러고는 고래의 오른쪽 눈을 찔렀다.

"푸욱!"

"빼애액!"

피가 솟았다. 울치의 몸은 고래 피로 칠갑이 되었다. 칼을 든 손등으로 눈을 쓱 닦은 울치는 놈의 숨구멍과 머리를 마구 찔러 대었다. 견디지 못한 귀신고래는 바다 속으로 잠수해 들어갔다. 울치도 물속으로 사라졌다.

"어? 울치야!"

"큰일 났어. 울치가 딸려 들어갔어!"

"좀 기다려봐. 딸려간 게 아니라 따라 들어간 거야."

두 눈이 다 멀고 숨구멍까지 막힌 고래는 물속으로 오래 잠수하지 못하고 이내 수면 위로 솟아올랐다. 고래 등에 올라타 있던 울치는 숨을 크게 몰아쉬었다.

"푸아!"

그때부터 귀신고래는 물속으로 들어갔다 나왔다 하기를 거듭했다. 고래를 따라 쉼 없이 바닷물 속을 들락거리게 된 울치는 물속에서는 숨을 참아야 했고, 물 밖으로 떠올라서도 튀는 물보라 때문에 숨을 제대로 쉴 수 없었다. 고래가 끊임없이 물속을 들락거리는 바람에 정신이 하나도 없었다.

'침착, 또 침착해야 해!'

울치는 스스로에게 다짐을 주며 정신을 잃지 않으려 애썼다. 귀신고래가 물 밖으로 올라 숨을 내쉴 때 뿜어져 나오는 물기둥이 점차 약해지고 있었다. 놈이 치명적인 상처를 입었음이 틀림없었다. 두 번 다시 오지 않을 기회였다. 울치는 청동단검을 쥔 손에 더욱 힘을 주었다.

귀신고래가 아무리 떼어내려고 해도 울치는 고래의 몸통에 깊이 박혀있는 따개비처럼 떨어져 나갈 줄 몰랐다.

방향을 잃은 놈이 통나무배 가까이 이르자 술마가 돌작살을 한 발 날렸다. 몸통에 맞긴 했지만 빗맞는 바람에 날이 꽂히지 않고 미끄러져 나가고 말았다. 다른 아이들도 닥치는 대로 작살을 집어 들고 고래를 향해 날렸지만 번번이 허탕이었다. 돌작살이 다 떨어지자 진치와 말미는 노를 들고 고래가 배에 붙을 때마다 몸통을 내려치곤 했다.

"퍼억, 퍽, 퍽!"

어느덧 귀신고래가 헤엄치는 속도가 줄어들고 있었다. 울치는 고래에게 마지막 일격을 가하기라도 하듯이 아가리 윗부분 한가운데로 청동단검을 깊숙이 찔러 넣었다.

"빼아악!"

한 차례 비명을 내지른 고래는 아가리를 한껏 벌리고는 몸부림을 쳤다. 놈의 최후가 가까워졌음을 깨달았다. 울치는 떨어지지 않으려고 죽을힘을 다해 고래 등에 붙어 있었다.

얼마간 바다 위를 이리저리 헤매고 다니던 귀신고래는 마침내 힘이 빠져 축 늘어졌다. 물결에 떠다닐 뿐 더 이상 아무런 움직임도 없는 것을 확인한 울치는 고래 등에서 일어서서 청동단검을 든 손을 높이 들어보였다.

아이들은 배에서 벌떡 일어나 함성을 질렀다.

"야호! 야호호!"

"우리가 잡았어! 우리가 '바다의 귀신'을 잡고 말았어!"

"빨리 울치가 있는 곳으로 배를 젓자."

죽어서 둥둥 떠 있는 귀신고래에게 배를 붙이자 울치가 건너왔다. 즐거워하며 맞이하는 아이들에게 울치가 말했다.

"아직 마음을 놓을 때가 아니야. 고래가 물결에 떠내려가지 않게 밧줄로 묶어야 돼. 그리고 밧줄에 갈고리로 걸어서 빨리 끌고 가야 해."

"천천히 하면 안 돼?"

"안 돼. 고래가 피를 많이 흘렸으니 피 냄새를 맡은 상어 떼가 몰려올 거야."

"뭐 상어?"

"그러면 안 되지. 얼른 서두르자."

진치와 말미는 칡넝쿨밧줄을 들고 바닷물에 풍덩 뛰어 들어가 자맥질을 하며 고래의 몸통을 칭칭 감았다. 숨마는 갈고리를 하나하나 가져다가 고래를 묶은 밧줄에 걸었다. 그러고는 갈고리 끝에 맨 밧줄가닥을 다 배의 고물에 단단히 묶었다.

바로 그때, 울치가 예견한 대로 양재기 떼가 모습을 드러냈다. 새끼고래를 다 뜯어 먹은 뒤 근처를 배회하다가 어이고래의 피 냄새를 맡고 온 것이 분명했다.

"다 되었으면 빨리 배를 저어가!"

울치는 작살을 두 손에 하나씩 나누어 들고 뱃고물에 내놓은 발판에 섰다. 지난날 아버지를 잃었던 날의 기억이 떠올랐다. 떨칠 길 없는 분노가 머리끝까지 치밀었다.

"죽어도 용서할 수 없는 놈들!"

울치는 훌쩍 뛰었다. 묶어 놓은 고래 등에 내려선 뒤에 등줄기를 따라 꼬리 쪽으로 내려갔다. 맨 앞서 오는 양재기를 향해 작살을 한 발 날렸지만 빗나가버렸다. 또 다른 작살을 던졌다.

"콱!"

명중이었다. 놈은 허연 배를 까뒤집었다. 몸을 뒤트는 통에 피가 쏟아지자 뒤따르던 다른 양재기들이 몰려들어 피를 흘리는 놈을 공격하며 마구 뜯어먹기 시작했다.

그 틈을 타 아이들은 젖 먹던 힘을 다해 노를 저어대었다. 말미가 뒤를 돌아다보고는 소리를 질렀다.

"그래도 한 마리가 따라 오는 것 같아!"

울치가 술마에게 외쳤다.

"작살 줘!"

"작살이 없어. 다 떨어졌어."

"뭐?"

"이제 어쩌지, 울치야?"

고래를 밟고 서 있던 울치는 돌아와 배 안을 둘러보았다. 노 젓기에 여념이 없는 진치의 발밑에 돌도끼가 놓여 있었다. 그것을 집어 들고는 다시 고래 등을 달렸다. 양재기 한 마리가 막 고래 꼬리 가까이 접근하고 있었다. 물어뜯으려는 직전에 콧등 위 양미간을 겨누어 힘껏 던졌다. 도끼는 한 바퀴 돌면서 날아갔다.

"파악!"

"얏호! 명중이야!"

"역시 울치야, 하하하!"

앞서 제 동료 한 마리를 다 뜯어먹은 놈들이 돌도끼에 맞아 피를 흘리고 있는 놈에게로 몰려들었다.

"힘을 내! 이제 배 안에 남은 무기라고는 우리가 젓고 있는 노뿐이란 말이야."

"조금만 더, 조금만 더!"

"영차, 영차……."

아이들은 마침내 마을 앞 갯바위가에 배를 대었다.

"휴우!"

"이제 됐나?"

"그래, 다들 고마워."

세상에 태어나 첫울음을 터뜨리던 기력까지 다한 아이들은 목소리도 크게 내지 못했다. 더구나 배에서 제대로 일어서지도 못했다. 서로 부축해서 뭍으로 내려선 뒤에 하나같이 쓰러지듯이 주저앉았다. 술마가 뒤로 벌러덩 누워버렸다. 다른 아이들도 등을 땅에 대고 나란히 누웠다.

울치는 하늘을 바라보았다. 눈이 부셨다. 가만히 감았다. 돌아가신 아버지가 떠올랐다. 금세 두 눈이 젖어들었다. 고인 눈물이 귓가로 주르르 흘렀다.

'아버지, 제가 해냈어요.'

울치는 목젖을 꿀꺽 삼켰다.

'이 울치가, 아버지의 아들이 귀신고래를 잡았단 말이에요!'

제7장 바위그림이 된 소년

"애들이 다른 날보다 왜 이렇게 늦담?"

날이 어두워지려는 데도 아이들이 돌아오지 않았다. 돌래는 걱정이 되어 바닷가로 나왔다가 통나무배를 발견했다. 그런데 배 안에서는 아무런 인기척도 나지 않았다.

'설마?'

돌래는 사색이 된 얼굴로 달려갔다. 아이들이 뱃전 아래에 나란히 누워 있었다. 돌래는 얼른 다가가 아들을 흔들었다.

"울치야, 울치야."

곤한 잠에서 깨어난 울치가 윗몸을 일으켰다.

"어…어머니? 여긴 웬일이세요?"

그제야 돌래는 철렁 내려앉은 가슴을 쓸어내렸다.

"돌아왔으면 곧장 집으로 오지 않고 여기서 왜 이러고 있어?"

울치는 곁에서 잠들어 있는 아이들을 보더니 얼른 소리쳤다.

"내 고래!"

"고래라니?"

울치는 벌떡 일어나 뱃고물 쪽으로 달려갔다. 밧줄에 묶인 고래는 물속에 반쯤 잠긴 채 그대로 있었다. 돌래가 아이들을 깨웠다. 일어난 아이들은 울치가 그랬던 것처럼 고래부터 확인했다.

"세상에나!"

돌래는 바닷물 속에 든 바위섬만한 귀신고래를 보고는 저절로 쩍 벌어지는 입을 손으로 가렸다.

"나는 마을에 가서 사람들한테 알릴게!"

진치가 소리치며 한달음에 마을로 내달렸다. 마을 사람들이 몰려나오기 시작했다. '바다의 귀신'을 잡아왔다는 말에 그들의 발걸음은 반신반의하면서도 다 바닷가로 향했다. 쭈욱 늘어선 마을 사람들은 아이들이 가리키는 곳에 눈길을 모았다.

"저게 정말 '바다의 귀신'이란 말이야?"

"바다 속에 잠겨 있어서 잘 모르겠는데?"

울치가 마을 사람들에게 말했다.

"끌어올릴 방법이 없을까요?"

예전에 우시메를 따라 고래 사냥을 나갔다가 한 팔을 잃은 진치의 아버지가 나섰다.

"왜 없겠니?"

그는 아주머니들을 두 패로 나누어서 한 패에게는 집집마다 돌아다니며 밧줄이란 밧줄은 모두 거둬오도록 했고, 또 한 패에게는 바닷가와 마을이 다 환해지도록 여기저기에 모닥불을 피우게 했다. 어른들과 아이들에게는 제법 굵은 통나무를 곁가지를 쳐 매끈하게 하나씩 장만해 오라고 시켰다. 그런 뒤 자기 자신은 통나무배로 가서 갈고리에 묶어놓은 밧줄을 풀어나갔다. 울치와 아이들은 영문을 몰라 다가갔다.

"어쩌시려고요?"

"두고 보면 알게다. 곧 어두워질 테니 서둘러야겠다."

한 식경도 안 되어 밧줄과 통나무가 다 마련되었다. 진치 아버지는 고래 몸통을 둘러 묶은 밧줄에 열 가닥이나 되도록 새 밧줄을 묶어 늘어뜨렸다. 대가리 아래부터 통나무를 하나씩 가로로 놓고는 마을 사람들에게 밧줄을 당기게 했다. 고래가 조금씩 끌려올 때마다 통나무를 하나씩 받치곤 했다.

"힘을 써요, 힘을! 조금만 있으면 큰 힘 들이지 않고 끌어올릴 수 있어요!"

"영차, 영차, 영차······."

이윽고 고래 몸통 밑에 통나무가 다 받쳐졌다. 밧줄을 당겨 고래를 끌어올리기가 한결 수월했다. 고래 몸통 아래에서 구르다가 뒤로 빠져 나오는 통나무는 다시 가져다가 앞쪽에 받쳐 가면서 마을 빈 터로 끌어올렸다.

"이제 됐어요"

죽은 귀신고래는 모닥불 불빛을 받고 대가리에서 꼬리까지 온전한 모습을 드러낸 채 누워 있었다. 난생 처음 보는 산더미만한 물고기를 본 사람들은 가까이 다가갈 엄두조차 내지 못했다.

"바다 속에 저렇게 큰 물고기가 다 있었다니."

"저게 바로 '바다의 귀신'이란 말이야?"

"우리 마을 아이들이 세상에서 가장 큰 괴물을 잡았군."

"지금까지 산 너머 마을 사냥꾼들이 잡은 짐승을 다 합친 것보다도 더 크겠어."

"맞아. 틀림없이 그럴 거야."

"온 마을 사람들이 겨우내 먹고도 남겠구먼."

몸이 성치 않은 남자 어른들이 다가가 살펴보더니 한 마디씩 중얼거렸다.

"척 보니 알겠군."

"그래, 바로 이놈이야."

"나를 이 꼴로 만든 놈을 죽기 전에 보게 되다니."

"아이들이 우리가 하지 못한 큰일을 보란 듯이 해냈어."

"큰어른님께 알려야 하지 않겠나?"

진치의 아버지가 아들에게 말했다.

"어서 갔다 오너라."

진치가 신이 나 샘터 쪽으로 달려가자 누군가 외쳤다.

"여러분, 잠시 후에 산 너머 마을 사람들이 몰려올 테니 불을 좀 더 밝게 밝힙시다! 큰어른님과 암커사님이 앉을 자리도 마련해 놓고요!"

"그럽시다. 자, 빨리 움직입시다!"

오래 지나지 않아 숲에서 불빛이 보였다. 횃불을 들고 어두워진 길을 따라 사람들이 줄지어 오고 있었다. 진치가 맨 먼저 달려 내려왔다.

"아버지, 산 너머 마을 사람들이 다 우리 마을로 오고 있어요."

바닷가 마을 사람들은 한 곳에 모여 서서 천천히 걸어오고 있는 큰어른 구루미를 맞이했다. 바로 뒤따라 온 암커사 늙네가 앞으로 나섰다.

"아이들이 잡아왔다는 '바다의 귀신'은 어디에 있느냐?"

바닷가 마을 사람들이 갈라지듯이 빈 터 가장자리로 물러섰다. 눈앞에 길고 큰 바위 같은 것이 놓여 있었다. 암커사는 다가가 횃불을 비추었다.

"이게 정녕……."

암커사 늠네는 말을 잇지 못했고 큰어른 구루미는 한참 동안이나 아무런 말없이 귀신고래를 바라보았다. 두 사람을 따라온 산 너머 마을 사람들이 경악스러운 얼굴로 고래를 바라보다가 들리지도 않는 낮은 목소리로 저희들끼리 입을 가려가며 수군거렸다. 다만 그들 중에서 누군가 외치듯 말하는 소리만 들렸을 뿐이었다.

"우시메가 생전에 그토록 부르짖었던 주장이 헛소리가 아니었던 게야."

어른들을 따라온 아이들은 벙어리가 된 듯 아무 소리를 내지 못하고 있었다. 굼다개 패거리는 하나같이 도저히 믿을 수 없다는 표정이었다.

암커사 늠네가 울치를 앞으로 나오게 했다. 큰어른 구루미가 물었다.

"뭘로 잡았느냐?"

"작살로 잡았습니다."

"작살?"

"숲 사냥꾼들이 가지고 다니는 창과 같은 것입니다."

"그뿐이냐?"

"도끼와 밧줄 그리고 갈고리 같은 것들이 몇 가지 더 있습니다."

"그랬구나."

구루미는 온화한 낯빛으로 바꾸었다.

"네 아버지 우시메가 평생 못 다 이룬 꿈을 네가 이루었구나. 장하다, 참 장한 일을 했다."

울치가 구루미에게 인정받았다고 생각한 암커사 늙네가 나섰다.

"큰어른님, 저 '바다의 귀신'의 이빨은 이제 울치의 몫이 아니겠습니까?"

"그렇다. 이빨을 모두 뽑아서 울치에게 목걸이를 만들어 주도록 하거라."

온 마을을 통틀어 최고의 사냥꾼으로 인정하겠다는 말이나 다름없었다. 울치가 함께 서 있는 숨마, 진치, 말미를 곁에 데려다 놓으며 말했다.

"우리 네 사람이 다 같이 죽음을 무릅쓰고 잡았습니다. 그러니 우리 넷에게 저 귀신고래의 이빨을 똑같이 나누어 주십시오."

"그렇게 하거라."

세 아이는 서로 바라보며 뛸 듯이 기뻐했다. 구루미가 다시 울치에게 부드러운 음성을 내었다.

"네 소원을 한 가지 들어주마. 바라는 것이 있다면 무엇이든 말해 보거라."

울치는 서슴지 않고 말했다.

"산 너머 마을과 바닷가 마을, 두 마을 사람들이 모두 서로 차별 없이 대하면서 살아가는 것이 제 소원입니다."

구루미는 모든 사람들을 둘러보았다.

"저 아이의 말에 반대하는 사람이 있는가?"

그 누구도 있을 리 없었다. 마을이 생긴 이래 처음으로 식량 걱정을 하지 않고 살게 된 마당이었다. 이설을 다는 사람이 아무도 나타나지 않자 구루미는 바로 그 자리에서 명령을 내렸다.

"지금부터 바닷가 마을에 내렸던 모든 벌을 거두노라."

"와아!"

사람들이 비로소 자유롭게 살도록 허락되었다. 산이든 바다든 어디든지 마음껏 다닐 수 있게 되었고 숲 속 짐승이든 바닷물고기든 무엇이든지 내키는 대로 잡을 수 있게 된 것이었다. 갈대옷

띠옷을 벗어던지고 갖옷을 지어 입을 수도 있게 되었고 온갖 치장도 제멋에 따라 할 수 있게 되었다.

 울치는 암커사 늠네에게 다가가 허리에 차고 있던 청동단검을 끌러 두 손으로 내밀었다. 늠네가 웃으며 물었다.

 "써보기는 했느냐?"

 "그렇습니다."

 "어떻더냐?"

 "돌칼이나 뼈칼과는 비교도 안 될 만큼 굳세고 날카로운 칼이었습니다."

 "허허, 그랬더냐? 그러면 네가 가지거라."

 "아닙니다. 마을에서 하나밖에 없는 칼인데 어떻게 제가……."

 "너도 우리 마을에서 하나밖에 없는 사람이 아니냐?"

 울치는 물러나와 칼을 도로 허리에 찼다. 굴화와 함께 골메가 울치에게로 다가왔다.

 "울치야, 네가 네 아버지를 대신해서 나의 사과를 받아다오."

 "사과할 것 없어요. 전에 아저씨가 우리 아버지의 주장을 반대했던 것은 아저씨도 우리 아버지처럼 아저씨의 신념에 따른 것뿐이니까요."

 "그게 아니라 내가 사과하려는 건……."

울치는 굴화와 눈이 마주쳤다. 다가갔다. 굴화가 목에 걸고 있어야 할 것이 없었다.

"내가 준 감생이 이빨 목걸이 어떻게 했어?"

"그게 그러니까 말이야."

굴화는 난처해하며 아버지를 힐끗 쳐다보았다. 골메는 딸의 눈길을 피해 고개를 돌리고는 헛기침만 했다

"미안해. 잃어버렸어."

"괜찮아."

"하지만 조갯살에서 빼준 구슬은 잘 간직하고 있어."

"그래? 다행이다. 내가 이따가 저 귀신고래의 이빨을 받게 되면 가장 큰 이빨로 목걸이를 만들어 줄게. 우리 아버지도 옛날에 어머니한테 호랑이 송곳니를 선물했다고 하셨어."

"그게 무슨 말이야?"

"그러니까 이다음에 나랑 함께 살자는 말이지."

"뭐? 그런 뜻이라면 받지 않겠어."

굴화는 부리나케 숲 속 샘터 쪽으로 사라져버렸다. 골메가 빙그레 웃으며 말했다.

"이제 보니 울치가 여자를 다루는 솜씨가 형편없군 그래?"

"이상하네. 아버지가 어머니께 하셨다는 그대로 하려고 했는

데……."

"네 아버지는 아무도 보는 사람이 없는 곳에서 어머니한테 호랑이 이빨을 선물했단다."

"그래요? 그런데 아저씨가 그걸 어떻게 아세요?"

"그때 내가 숨어서 엿보았거든. 나도 네 어머니를 좋아했는데 그만 한발 늦어서 네 아버지에게 빼앗기고 말았지. 허허."

골메의 말을 들은 돌래의 낯에 붉은 빛이 감돌았다. 말을 뱉어 놓고 보니 골메도 겸연쩍은 기분이 들어 얼른 고래 위에 올라가서 사람들에게 외쳤다.

"여러분, 이젠 울치가 그의 아버지 우시메의 대를 이어 우리 마을 최고의 사냥꾼이 되었습니다!"

사람들이 환호하려고 하자 재빨리 울치가 나섰다.

"아닙니다!"

울치도 얼른 고래 등에 올랐다. 그러고는 큰소리로 말했다.

"우리 마을 최고의 사냥꾼은 여전히 골메 아저씨입니다. 저는 땅에서는 아무 것도 할 줄 모르고, 그저 배를 타고 바다에 나갔다가 우연히 큰 물고기를 한 마리 잡았을 뿐입니다!"

암커사 늠네가 웃는 낯으로 큰어른 구루미에게 말했다.

"저것 좀 보십시오 저렇게 겸손하기까지 하니 얼마나 기특한 아이입니까?"

"그렇고말고."

울치와 골메가 고래의 등에서 내려오자 구루미가 사람들이 다 들을 수 있도록 말했다.

"새김장이 반구는 듣거라! 지난날 우시메의 일을 비롯하여 오늘 울치에 이르기까지의 모든 일을 하나도 빠뜨리지 말고 '신성한 큰 바위벽'에 새겨 넣도록 하라. 그리하여 언제 누가 보아도 그 일들을 한 눈에 잘 알 수 있도록 하거라."

"예, 큰어른님."

반구의 대답을 들은 구루미는 다시 입을 열었다.

"지금부터 바로 이 자리에서 저 고래를 해체하여 큰 잔치를 열도록 하라. 모든 사람들이 스스럼없이 함께 어울려야 할 것이다. 알겠느냐?"

모든 사람들이 한 입으로 우렁차게 대답했다.

"예, 큰어른님!"

울치는 갖옷을 두른 허리에 청동단검을 차고 손에는 작살을 한 대 쥔 차림이었다. 굴화는 커다란 고래 이빨 목걸이를 하고 있었다.

"거치적거리지 않아?"

"괜찮아."

굴화는 가슴 앞에 늘어뜨린 고래 이빨을 줄곧 만지작거리며 걸었다.

"아무도 네가 귀신고래를 잡을 수 있을 것으로 믿지 않았지만 나는 믿고 있었어."

"진짜?"

"그럼."

잠깐 뒤에 굴화가 또 먼저 입을 열었다.

"너처럼 어린 나이에 '선성한 큰 바위벽'에 새겨지다니, 참 대단한 일이야."

"그게 뭐 대단하다고."

"어떻게 그려져 있을까 참 궁금하다. 그치?"

"그래서 이렇게 가고 있잖아. 가서 보면 알겠지."

"이제 네 꿈을 이루었으니 앞으로는 뭘 할 거야?"

"앞으로? 새로운 꿈이 하나 생겼어."

"그게 뭔데?"

"온 마을 사람들이 다 타도 남을 만큼 큰 배를 만들어서 저 바다 끝까지 가보는거야."

"그래? 놀라운 꿈이네?"

"만약 내가 하지 못하고 죽으면 그 다음에는 내 아들, 내 아들이 하지 못하고 죽으면 내 아들의 아들……. 그렇게 계속 꿈을 물려간다면 먼 훗날 언젠가는 반드시 그 꿈을 이루어 내는 아들이 나타날 거야."

"이야, 썩 훌륭한 생각이다."

그때, 커다란 참나무 뒤에서 아이들이 나타났다. 굼다개 패거리였다. 예전처럼 돌창을 하나씩 들고 있었다.

"오늘은 또 어딜 그렇게 다정히 가시나?"

굴화가 울치를 가로막으며 앞으로 나섰다.

"너희들 왜 또 그래?"

"네 뒤에 숨어있는 울치 그 녀석이 사람들을 속인 벌을 주려고 기다리고 있었지."

"뭐야? 울치가 뭘 속였다는 거야?"

"죽어서 바다에 둥둥 떠다니던 물고기를 우연히 발견해서 바닷가에 끌어다 놓고는 작살로 잡아왔느니 어쨌느니 했잖아, 내 말이 맞지?"

울치는 아무 말도 하지 않았다. 굼다개 옆에 있는 작은 바위 뒤쪽에서 바스락거리는 소리가 나더니 토끼 한 마리가 잽싸게 달아나는 것이었다. 울치는 굴화를 조금 밀쳐놓은 뒤에 번개처럼 앞으로 달려 나갔다. 그 바람에 아이들이 깜짝 놀라 뒤로 미처 뒤로 물러서지도 못하고 다 그 자리에서 자빠져버렸다.

"어이쿠!"

"아야!"

울치는 바위를 훌쩍 뛰어 디디자마자 도움닫기를 해 솟구친 뒤, 숲 덤불 쪽으로 막 숨어들고 있는 토끼를 향해 작살을 날렸다.

"쿠욱!"

땅으로 내려선 울치는 성큼성큼 덤불 가로 가서 토끼가 꿰인 작살을 집어 들고 돌아왔다. 아이들의 눈이 다 휘둥그레졌다. 울치가 굼다개 코앞으로 다가섰다.

"너, 지난번에 나 때문에 토끼를 놓쳤다고 했지? 자, 받아. 이제 그 빚 갚은 거야?"

당당한 울치의 말투에 굼다개는 아무런 대꾸도 하지 못한 채 석상처럼 굳어 있었다. 그러자 굴화가 또 굼다개에게 바짝 다가서서 서슬 퍼런 눈빛으로 쏘아보며 말했다.

"울치는 방금 빚을 갚았는데 너희들은 어떻게 할 거야?"

"어…어떻게 하다니?"

"울치를 죽도록 때린 빚 말이야."

"그…그거?"

"다들 울치한테 사과하고 용서를 구할 거야, 아니면 울치의 작살에 이 고래나 아까 그 토끼처럼 꿰이고 말 거야?"

아이들은 잔뜩 겁에 질려 우물쭈물하기만 했다. 굼다개가 겨우 입을 열었다.

"지…지난번엔 미안했어."

"진심이야?"

"정말 미안해."

울치가 굴화를 말리면서 말했다.

"괜찮아."

"보…복수 하지 않을 거야?"

"복수? 그동안 몹시 하고 싶었지. 하지만 어느 때부턴가 그런 건 아주 사소한 일이라는 걸 깨달았어. 나는 그때 일을 다 잊었으니까 너희들도 짓궂게 굴지 말고 이제부터는 서로 잘 지내도록 하자."

"아…알았어."

대답을 하고 난 뒤 아이들이 달아나듯이 산 아래로 내려가는 것을 본 울치가 소리쳤다.

"너희들 우리랑 같이 '신성한 큰 바위벽' 구경 가지 않을래?"

종종걸음을 멈추고 돌아선 굼다개가 말했다.

"뭐? 그곳은 아무나 가면 안 되는 곳인데?"

굴화가 답답하다는 듯 핀잔을 주었다.

"이 바보들아, 울치는 거기에 그려진 최고의 사냥꾼이니까 암커사님이 다녀오도록 허락하신 거야. 너희들은 이번 기회가 아니면 평생 구경도 못해보고 죽을 걸? 그 '신성한 큰 바위벽'에 그려질 만큼 큰 사냥감을 잡는다면 또 몰라도"

잠시 할 말을 잃은 채 서 있던 굼다개가 아이들을 데리고 다시 올라왔다.

"고마워. 같이 갈게."

오르막을 계속 올라 산등성이에 오른 울치는 여기저기 살펴보다가 낯이 익은 듯한 비탈을 찾아내고는 내려갔다. 아이들은 묵묵히 뒤따르고 있었다. 비탈을 다 내려와 시냇가에 이르렀지만 '신성한 큰 바위벽'은 보이지 않았다.

"여기가 아닌가본데?"

"너무 많이 내려온 것 같다. 시내를 따라 위쪽으로 올라가 보자."

얼마 오르지 않아 넓고 크게 솟은 바위벽이 보였다. 울치의 걸음이 빨라졌다.

"찾았어!"

아이들이 하나둘 울치 옆으로 모여 섰다. 눈앞으로 거대한 '신성한 큰 바위벽'이 펼쳐져 있었다. 굼다개와 아이들은 넋을 잃고 바라보았다. 마을 최고의 사냥꾼이 되어 그곳에 그려지는 것이 평생의 꿈이기에 저마다 벅찬 설렘에 숨이 다 멎는 듯했다.

한동안 이어지던 침묵을 깨고 느닷없이 굴화가 소리쳤다.

"얘들아, 오른쪽 위를 봐! 맨 처음 우시메 아저씨 일행이 타고 처음으로 바다에 나간 배가 그려져 있어. 또……. 저 오른쪽 아래에는 그 배가 뒤집힌 그림이 그려져 있네?"

굼다개가 아이들에게 말했다.

"우리도 하나씩 찾아보자."

"알았어."

"저길 봐! 그 뒤집힌 배 왼쪽 옆에도 그림이 있어. 울치와 함께 바다에 나갔다가 양재기한테 당하고 있는 우시메 아저씨의 모습 같아."

"나는 귀신고래를 발견했어. 맨 왼쪽 위야. 새끼를 등에 태운 커다란 고래가 새겨져 있어."

"그러네? 그 그림 앞에서 울치가 작살을 던지는 모습도 그려져 있고, 또 울치가 귀신고래의 등에 올라타려고 하는 그림도 있어."

"울치야, 반구 아저씨가 아주 잘 새겨놓았는데 그래?"

울치는 말없이 그림을 보고 있었다.

"저기 가장 큰 귀신고래 있지? 그 고래 꼬리의 왼쪽 밑을 잘 봐."

"거기엔 어떤 그림이 있는데?"

"울치랑 울치 친구들 그림이야."

울치의 눈길도 그쪽으로 갔다. 술마와 진치와 말미랑 함께 탄 배가 아주 조그맣게 새겨져 있었다.

"저 배는 왜 저렇게 작게 그렸을까?"

"아마 울치가 잡은 귀신고래가 얼마나 큰가를 배에 견주어서 나타내려는 의도일 거야."

굼다개가 울치에게 말했다.

"앞으로도 고래를 사냥하러 바다에 갈 거니?"

"마을 사람들이 겨울을 날 식량이 부족하면 잡으러 가야겠지."

"우리도 데려가 주면 안 돼? 시키는 대로 할게."

"당연히 함께 가야지. 이젠 모두 친구가 됐으니까."

"정말?"

"난 지킬 약속만 하는 사람이야."

"고마워, 울치야."

굴화가 빙긋 웃으며 말했다.

"그러면 앞으로는 저 '신성한 큰 바위벽'이 고래 그림으로 가득 차겠네?"

해가 구름 사이를 빠져나오고 있었다. '신성한 큰 바위벽' 맨 위에서부터 아래로 햇살이 비쳐 들기 시작했다. 마치 햇살이 덧칠을 해가는 듯, 새겨진 그림들은 신비스러운 빛을 띠어 갔다. 아이들은 말을 잊은 채 그 광경을 바라보고 있었다.

굴화가 중얼거렸다.

"아마 내일도 모레도 글피도……. 해님이 저렇게 영원히 비추어 줄 거야."

"네 말대로 되었으면 좋겠다."

'신성한 큰 바위벽'은 그 순간에도 시간의 푸른 화살을 발 아래로 흐르는 시냇물 위에 띄워 아득히 떠나보내고 있었다. 그 스스로는 수천 년 뒤에까지 전해질 이야기를 품고 언제나 그 자리에 홀로 우뚝 서 있을 것처럼.

고래소년 울치
ⓒ 하용준 2013

초판 1쇄 발행 2013년 4월 22일
초판 2쇄 발행 2013년 11월 22일
초판 3쇄 발행 2014년 3월 14일

지은이 하용준
펴낸이 최종숙
책임편집 이태곤 | **편집** 권분옥 이소희 박선주
디자인 안혜진 이홍주 | **마케팅** 박태훈 안현진 | **관리** 이덕성
펴낸곳 글누림출판사
출판등록 제303-2005-000038호(등록일 2005년 10월 5일)
주소 서울시 서초구 동광로46길 6-6(반포4동 577-25) 문창빌딩 2층(우137-807)
대표전화 02-3409-2055 | **팩스** 02-3409-2059 | **전자우편** nurim3888@hanmail.net
홈페이지 http://www.geulnurim.co.kr
정가 9,000원
ISBN 978-89-6327-227-6 03810

* 이 책의 판권은 지은이와 글누림출판사에 있습니다. 서면 동의 없는 무단 전재 및 무단 복제를 금합니다.
* 잘못된 책은 바꿔 드립니다.